跡継ぎ目当ての子づくり婚なのに、クールな敏腕御曹司に蕩けるほど愛されています

★

ルネッタブックス

CONTENTS

Lunetta

第一章

都内でも高級住宅街として名高いエリアの、緑豊かで閑静な一角。

星川美緒《ほしかわみお》は新居のソファでコーヒーを飲みながら、内心極度に緊張していた。

この低層レジデンスは超高級物件で、エントランスの先にあるゆったりとしたラウンジも、意匠を凝らした坪庭も、まるでホテルのように洗練されている。

もちろん各戸の居室も広々としており、リビングもモデルルーム並みに上質なインテリアでまとめられていた。今まで住んでいた築二十年のマンションとは大違いで、美緒は引っ越し初日からそわそわしてしまう。

「取り急ぎ、俺の部屋に引っ越してもらう形になったけど……せっかくだから、きちんと新居を探したほうがよかったかな」

気遣うように言いながら隣に座ったのは芝崎篤志《しばさきあつし》だ。……今日から、美緒の夫になる人。

彼の言葉に、美緒は慌てて首を振った。

「いえいえ、すごく素敵なマンションですし。通勤も便利になってありがたいです」

美緒と芝崎はそれぞれ自分の会社を経営している。二人とも多忙なのだから、自宅の立地がいいに越したことはない。

最寄り駅は白金台《しろかねだい》で、美緒が働く四ツ谷《よつや》までは地下鉄で十分程度の距離。芝崎のオフィスも徒歩圏内だ。

通勤の便がよく、彼が所有している物件なので家賃もかからない。

新婚夫婦の新居としては申し分ない――いや、このうえなく贅沢《ぜいたく》な住まいだった。

「気に入ってくれたならよかった。じゃあひとまず暮らしながら様子を見ようか。いずれ子どもができれば、ここでは少し手狭かもしれないし」

「……子ども」

美緒は一瞬息を詰め、テーブルの上に視線を向ける。

どっしりとした無垢材《むくざい》のテーブルには婚姻届が置かれていた。証人の欄はすでに記入済みで、あとは芝崎と美緒が記入して区役所に提出すれば、二人は今日から夫婦となる。

大恋愛の末に結ばれる二人なら、幸せいっぱいの気分でこの婚姻届を眺めるのだろう。

でも婚姻届の隣にはもうひとつ書類がある――これから夫婦になるカップルとしてはずいぶん仰々《ぎょうぎょう》しい、結婚契約書という書類が。

その契約書はわざわざ弁護士に依頼して作らせたものだ。口約束で充分だったのに、「妊娠も出産も女性側ばかりにリスクのあることだから」と芝崎が譲らず、事前に細々とした取り決めをしてくれた。

彼の思いやりはうれしいが、こうして見慣れない契約書を眺めていると、この結婚が一般的なものではないことを改めて実感させられる。美緒は芝崎の横顔をそっと盗み見た。

——芝崎さんは本当にこれでいいのかな。跡継ぎを作るための結婚だなんて……私にとってはありがたい話だけど……。

隣に座っている芝崎は、何度見てもドキッとするほど綺麗《きれい》な顔立ちだった。

整った眉目に形のいい唇、目元にさらりとかかった艶《つや》のある黒髪。話題の会社経営者としてメディアでその姿を見かける機会も多いものの、どう考えてもモデルや芸能人と言われたほうがしっくりくるような美形だ。

そのうえ彼は大手企業の御曹司でもある。自身で立ち上げた会社の事業も好調で、若手敏腕社長として業界内でも注目の的になっている人物。

こんなハイスペックな男性が自分の夫になるなんて、いまだに信じられない。

それなのに、彼は何の躊躇《ためら》いもなくさらさらと婚姻届を書き上げてしまう。

「早くほしいな、子ども。星川さんが産んでくれるなら、男の子でも女の子でも絶対かわいいだろうね」

ペンを置いた芝崎が、目を細めてこちらをのぞき込んでくる。

別におかしな距離感ではない。もうすぐ二人は夫婦になる。子どもがほしくて結婚するのだから、今後は当然子づくりのための行為をすることになるだろう。

それは分かっていても、思わず怯《ひる》んでしまう。男性に免疫のない美緒にとって、異性との触れ合いは何もかもが未知の領域だ。

——お、落ち着かない……でももう、絶対後戻りはできない。芝崎さんと結婚して、子どもを産むって決めたんだから。

今まで恋人さえいたことがなかったのに、まさか勢いでこんなことになるなんて。

テーブルに置かれた婚姻届を眺めながら、美緒は一ヶ月ほど前のことを思い返していた。

八月に入り、東京《とうきょう》ではうだるような熱帯夜が続いていたその日。

美緒は社外での打ち合わせをそつなく終え、久しぶりに行きつけのバーに立ち寄っていた。

麻布十番《あざぶじゅうばん》の路地裏にある隠れ家的な店は、美緒の一番のお気に入りだ。ここに寄って夕食がてらゆっくり酒を飲むのが、慌ただしい日々の息抜きになっている。

毎日多忙だが、働くことは好きだし会社経営もそれなりに向いていると思う。その日の打ち合わせも難しい交渉だったものの、文句なしの満額回答を引き出すことができ、美緒は達成感でいっぱいだった。

仕事は何の問題もなく順風満帆《じゅんぷうまんぱん》。

でもぼんやりと考えごとをしている美緒の表情は冴《さ》えない。薄暗いバーカウンターでグラスを傾けながら、ため息まじりに小さく呟《つぶや》く。

「うーん……そろそろ本当に結婚を考えないとなー……」

カウンターの向こうで「あれ、めずらしいこと言ってる」と目を丸くした男性は、幼なじみの仁科晴海《にしなはるみ》だ。三歳年上の彼とは兄妹同然に育ったし、小柄で童顔の晴海は物腰もやわらかで、女友達のように話しやすい相手だった。

今まで男性に一切関心がなかった幼なじみが、いきなり結婚という言葉を口にしたのだ。彼はよほど驚いたのだろう、興味津々という表情でこちらに身を乗り出してくる。

「どうしたどうした、もしかして彼氏ができた？」

「そんなに簡単にできるわけないでしょ」

「だろうね」

「失礼だな」

「だって金曜の夜だっていうのに、また一人さびしくうちの店で飲んでるし」

「全然お客さんがいないから、売り上げに貢献してあげてるんですー」

金曜日の二十時という時間にもかかわらず、店は美緒の貸し切り状態だ。経営は大丈夫なのかと心配になるが、オーナーである晴海本人はまったく気にしていない。

唸《うな》るほどの資産を持つ彼にとって、この店は完全な道楽らしい。友人たちのために開けているようなものなので、暇なくらいがちょうどいいのだろう。

「なんだ、とうとう好きな男でもできたのかと思ったのに」

「残念ながらまったくできてない」

「もったいないなー、美緒のこと見てる男はいっぱいいるんだけど」

「悪目立ちしてるだけだよ……人生で百回以上言われたよ、遊んでそうだって」

晴海の言葉に、思わず遠い目になる。

美緒は大学時代の学内コンペをきっかけに起業を考えるようになり、学生のうちにランジェリーブランド「アミュレット」を立ち上げた。

小さな会社だが、通販事業が軌道に乗ってからは都心のオフィスビルに入居できるようになり、社員も四十名ほどに増えている。夢だった実店舗は今年二店目を出店したところだ。学生一人で始めたベンチャー事業としてはまずまず好調だと言えるだろう。

質のいいパンツスーツに八センチヒールでバリバリ仕事をこなし、「気の強そうな美人」と言われる美緒は、肉食系女子だと勘違いされがちだ。

目鼻立ちのくっきりした顔と、小学生のころからすくすくと育った重たげな胸。

健康のためにジム通いを欠かさない身体はメリハリのあるラインを保っており、同性からはスタイルがいいと褒められるが、異性からは下心剥《む》き出《だ》しで見られることが少なくない。どうやらこの派手な顔立ちと身体つきのせいで、夜ごと遊び歩いているように見えるらしい。

——本当は男の人と話すのも緊張するような恋愛初心者なんだけど……たぶんそういうイメージじゃないんだろうな。

学生のころからずっと仕事に夢中で、華やかな夜の街にも男性との出会いにもまったく関心はなかった。仕事以外の楽しみといえば、家で芋焼酎をちびちびやりながら動物の動画を眺めること、気ままにふらりと出かける小旅行くらいだ。我ながら清々《すがすが》しいほどおひとり様生活を満喫している。

それを知っている晴海も、ウイスキーのグラスを揺らしながら苦笑した。

「美緒は全然遊んでないよね。それどころか、男と付き合ったこともない二十八歳処女なのに」

「十二月で二十九歳だ、そういえば」

「冬には二十九歳処女になるのに」

「……わざわざ言い直さなくていいんだよ、晴海くん」

物心ついたころから男性への警戒心や嫌悪感を拗らせ、恋愛とは縁遠いままここまで来てしまった。男友達といえる相手も晴海くらいしかいない。

さすがにこのままではまずいという自覚はあるのだ。美緒は小さくため息をつく。

「それで、なんでいきなり結婚？　心境の変化？」

「おばあちゃんに、早く曾孫《ひまご》の顔を見たいって言われてて」

昨年から体調を崩しがちになっている祖母を思い出し、美緒は表情を曇らせた。

美緒の母は未婚のまま出産した。そして美緒が小学生のとき、恋人と家を出ていった。

両親のいない孫娘を育ててくれたのは祖母だ。縫製工場を経営する祖母は何不自由なく美緒を育て、たくさんの愛情を注いでくれた。社長業の傍ら子どもの養育もするのはさぞ大変だっただろうに、いつも朗らかでやさしかった祖母には、当然返しきれないほどの恩がある。

美緒にとって本当に大切な、唯一の家族。

その祖母が突然入院したのは昨年のことだ。幸いすぐに退院できたものの、今も通院や服薬が欠かせない。

すっかり痩せた祖母に、「あとは美緒のことだけが心配なのよ。できれば私が元気なうちに曾孫の顔を見せてくれるといいんだけど……」などと弱々しく言われれば、もちろん無碍《むげ》にはできなかった。

高齢の祖母とはいつまで一緒にいられるか分からない。

もしかしたらこれが最後の孝行になるかもしれない。

そう思うと、気性のやさしい美緒はいても立ってもいられないような気分になる。

結婚に夢はないが、もともと子どもは好きで、いつかわが子を抱きたいとは思っていたのだ。

それが祖母の願いでもあるなら、今すぐにでも子どもがほしい。……そのためにはまず、異性と一切縁のない現状を何とかしなければならないが。

「そりゃ、ばあちゃんは曾孫ができれば喜ぶだろうけど。結婚するような相手いるの？」

「いないって知ってますよね。別に恋愛したいわけじゃなくて、子どもの父親になってくれる相手がほしいだけなんだけどなー……」

「協力して子育てする家族とか、お互いに居心地のいい同居人みたいな関係？　最近よく聞くよね、友情結婚」

「ああ、そんなドラマもあったね」

友情結婚という言葉は、美緒もテレビで目にしたことがある。

友人として気心の知れた男女が、恋愛感情抜きで結ぶ婚姻関係。

結婚願望がなくても、親を安心させるためだったり、社会的な信頼を得るためだったりという理由で、結婚を考えなければならない人はまだまだ多い。利害の一致する友人と割り切った結婚をしてしまえば、たしかに気楽かもしれない。

今や友情結婚をサポートしてくれる結婚相談所もあると聞き、美緒もひそかに関心を持っていた。恋愛感情ではなく友情や信頼で結ばれる結婚は、恋愛ごとに縁遠いアラサーにとって魅力的に思える。

「子づくり込みの友情結婚もありだと思うけど。相手いないの？」

「いないって知ってますよね」

友情結婚には魅力を感じながらも、そもそも男友達がいない。つらい。

子どもを産むにはまずそれなりの相手に出会わなければ。そこから時間をかけていい関係を築き、何とか結婚までこぎ着けなければならないのだ。

男性の苦手な美緒にとっては何もかもが高いハードルだ。そして一日も早く子どもがほしいのに、それでは時間がかかりすぎる。

「気心知れた相手と結婚して、さくっと子どもを持ちたいってことか」

「そうね、そういう相手がいればいいけど」

「協力してあげたいけど、今は彼女三人いるからなー」

「謹んでお断りします。晴海くん、かわいい顔して最低。そろそろ刺されるよ」

「大丈夫、夜道には気をつけてる」

付き合いの長い幼なじみだが、女癖が悪いのが玉《たま》に瑕《きず》。

呆《あき》れたような美緒の視線にも構わず、晴海は「友情結婚かー」と楽しそうだ。

「同じこと考えてる男も結構いそうだけどね。そういえばこのあいだ、篤志も似たようなこと言ってたし」

「え、芝崎さん？」

意外な名前に驚き、美緒は目を瞬かせる。

そのとき、入り口のドアベルがちりんと澄んだ音を立てた。

「あ、噂《うわさ》をすれば。今日は早いね、お疲れー」

新たな客に、晴海がのんびりと声をかける。

店にやってきたのは、今ちょうど話題になっていた芝崎本人だった。

いつもながら、毎日多忙なはずなのにくたびれた様子は一切ない。ぴったりとあつらえたスリーピーススーツを嫌味《いやみ》なく着こなし、一日働いた充実感とほどよい疲れをにじませた男の顔は、薄暗いバーの店内では妙に色っぽく見える。

いい男は汗もかかないのだろうか。今日も猛暑日だったのに、きっちりジャケットを着ていても暑苦しさを感じさせないのが不思議だ。

彼はネクタイを緩めながら美緒の隣に座り、気さくな笑みを見せた。

「星川さん、来てたんだ。ずいぶん久しぶりに会う気がするな」

「忙しくてしばらく来られなかったので。お元気そうですね」

「元気元気。食事まだだよね、一緒に何かつまもうよ」

芝崎は晴海の大学時代からの友人だ。のんびりマイペースな晴海と、いかにも有能でやり手という雰囲気の芝崎。性格は全然違うのに馬が合うらしく、二人はとても仲がいい。

この店で何度も顔を合わせるうち、美緒も芝崎と言葉を交わすようになった。わざわざ約束をして待ち合わせることはないが、ここでばったり会えば一緒に飲む。幼なじみの親友という気安さもあり、男性慣れしていない美緒にとっても話しやすい相手だ。

穏やかで明るい彼と飲むのは楽しい。

二人で数品の料理を注文し、ハイボールで乾杯した。

「俺、何か噂されてた？」

「美緒が篤志と結婚したいっていう話」

「へえ、光栄だな」

「ちょっ……そんなこと言ってませんから」

飄々《ひょうひょう》とした二人のやり取りに、美緒は慌てる。こんな冗談ひとつで動揺している美緒とは違い、芝崎は涼しげな表情のままだ。

――芝崎さん、ものすごく美形だもんね。付き合いたいとか結婚したいとか言われ慣れてるんだろうな。

不躾《ぶしつけ》だと思いながらも、美緒はその綺麗な顔をついまじまじと見つめてしまう。

先ほど晴海は、「篤志も似たようなこと言ってたし」と口にした。話の流れを考えれば、似たようなことというのは友情結婚のことだろう。

子どもを産むための、恋愛感情抜きの、互いに割り切った結婚。

でも美緒から見れば、彼は規格外の男前だ。しかも御曹司で本人も辣腕《らつわん》経営者、気さくで穏やかな性格でもある。女性に不自由しているとはとても思えない。

――芝崎さんは出会いもたくさんあるだろうし、普通に恋愛して結婚できそうなのに。なんでわざわざ友情結婚……？

そんなことを望まなくても、ハイスペックな彼との結婚を夢見る女性はいくらでもいるはずだ。

どうも腑《ふ》に落ちず、美緒は首を傾《かし》げる。

「なんだ、俺と結婚してくれないのか。残念」

「心にもないこと言ってる感がすごい」

「いやいや、こんなかわいいお嫁さんなら大歓迎だけど」

「棒読み上手ですね」

芝崎はクスクス笑いながら丁寧にサラダを取り分けてくれる。美緒の前に皿を置き、彼は不思議そうに言った。

「星川さん、結婚考えてるのか。てっきり結婚願望ないのかと思ってた」

「結婚願望は全然ないんですが、祖母の体調があまりよくなくて……そのせいか、早く曾孫の顔を見せてほしいなんて言われてるんです」

「そうか。お祖母様《ばあ》が……」

気のいい彼も、祖母の近況を聞いて表情を曇らせる。

祖母の願いがなければ、結婚や出産について真剣に考える機会もなかったはずだ。でも結婚はともかく、出産には確実にタイムリミットがある。年齢が上がるほど妊娠の確率は下がると聞くし、祖母がいつまで元気でいられるかも分からない。

結婚は三十歳を過ぎてから考えればいいと思っていたが、そんな呑気《のんき》なことは言っていられない。せめて婚活くらいはしなければと、美緒は焦っていた。

「それで一応、合コンにも行ってみたんですけど」

「楽しかった？」

「……散々でした」

社長という立場は伏せておくつもりが、友人が口を滑らせた。

その途端、男性陣の態度がさっと変わったのだ。「へー、社長かぁ……」と引いていたり、「じゃあ金持ちなんだ」と急になれなれしくなったり。

経営者という肩書きに対して過剰な反応をされることは、今までにもよくあった。特に金目当てで寄ってくる男性は思いのほか多い。その合コンの席でも数人の男性がとても強引で、結局逃げるようにして帰ってきたのだ。

美緒の話を聞いて、芝崎は苦笑した。彼も会社経営者で、これほどの美形だ。女性相手に同じような経験をすることは多いのだろう。

しばらく二人の会話を聞いていた晴海が、カウンターの向こうでローストビーフを切りながら口を開く。

「合コンなんて行かなくても、この二人でくっついちゃえばちょうどいいと思うんだけど」

「なんでそんな話になるんだ」

「美緒も篤志も、恋愛はめんどくさいから割り切った結婚をして子どもがほしいって、同じこと言ってるから。悪くないよね、子づくり込みの友情結婚」

晴海の言葉に、何となく芝崎と顔を見合わせた。

身も蓋もない言い方だが、美緒の気持ちを要約すればそのとおりだ。今さら恋愛に割《さ》く時間も労力もないし、正直に言えば結婚も煩《わずら》わしい。ただ、すぐにでも子どもを持ちたいという願いはあるので、気心知れた相手と割り切った結婚をしたい。

否定しないところを見ると、芝崎も似たような気持ちなのだろう。こんなに華やかな人なのに、意外とドライな結婚観の持ち主らしい。

「友情結婚ってよく聞くけど、流行《はや》ってるのか？　それなら晴海と星川さんのほうがいいんじゃないかな、幼なじみだし」

「嫌です、こんな三股男」

「俺、彼女三人いるから」

「……お前、そろそろ刺されるぞ」

「大丈夫、夜道には気をつけてる」

ローストビーフと赤ワインのボトルを出してもらったところで、新たな客が来た。

晴海はその客と話し始めたが、芝崎となら二人で飲んでいても気詰まりではない。美緒はくつろいだ気分で、彼が注いでくれたワインに口をつける。

「合コンはもう駄目だと思って、実は一度お見合いもしたんです。でもピンと来なくて」

「俺も五回したけどピンと来なかったな」

「大変ですね、社長令息」

「晴海なんてずっと好き勝手してるのにね」

二人で苦笑しながら、他の客と話している晴海の背中を眺める。

芝崎と晴海は同級生で、どちらも大きな会社の社長令息だ。

三十二歳という年齢を考えれば、彼らの親としてはそろそろ身を固めてほしいと切実に願っているだろう。晴海はのらりくらりと縁談から逃れ続けているけれど、芝崎は逃げられないのかもしれない。

「いずれ家の跡継ぎは必要になるから、きちんと考えないといけないんだけど」

「芝崎さんはご実家の会社を継がないんですよね？」

「俺も形だけ役員にはなってるけど、うちは同族経営にこだわりはないからね。自分の子どもにも継がせるつもりはない。ただ、兄貴もすでに家を出てるし、俺の代で血を絶やすのはやめてくれと言われてる。一応本家なんだ」

有名企業の御曹司なので、てっきり会社の跡継ぎが必要なのかと思ったが、それはどちらでもいいらしい。

でも生涯独身でいることも、子どもを持たないことも許されないのだろう。見合いを五回もしなければならないなんて、良家の令息は本当に大変だ。

「星川さんはすぐに子どもがほしいんだよね？」

「そうですね、あわよくば今すぐにでも。いい父親になってくれそうな人が見つかるといいんですけど……」

誰でもいいとは言わないが、結婚相手に多くは望んでいない。恋愛感情はいらないし、美緒自身に充分な収入と資産があるから、経済的にあてにするつもりもない。

美緒がほしいのは、夫ではなく子どもの父親だ。

わが子にたっぷりと愛情を注いでくれる、よき父親になってくれる男性。

子育てのパートナーとして互いを尊重しながら仲良く暮らし、子どもを大切に育ててくれたら、それで充分だと思っている。

ほろ酔い気分で語る美緒に、芝崎が目を細める。

「子ども好きそうだよね、星川さん」

「うちは母親がちょっとあれだったので、反面教師にしようと思って。自分の子どもは、めちゃくちゃかわいがると思います」

出産を考えるようになったきっかけは祖母の言葉だったが、子どものいる生活を何度も想像するうち、それはとても幸せな未来だと感じるようになった。仕事のことばかり考えてがむしゃらにやってきたものの、いつか子どもがほしいという希望がなかったわけではない。

これもタイミングというものなのだろう。

今はもう、わが子とともに暮らす未来を具体的に想像していて、いつそうなっても構わないという気持ちだ。……結婚相手さえいればの話だが。

一体どこで子どもの父親を見つけたらいいのかと思い悩みながら、美緒はしばらく黙ってワインを飲む。

芝崎も何か考え込んでいる様子だったが、やがて静かに口を開いた。そして彼が発したのは、思いがけない言葉だった。

「それなら、子どもの父親に俺はどう？」

突然そんなことを言われ、驚いた。

一瞬酔いがさめ、美緒は呆然《ぼうぜん》とその綺麗な顔を見上げる。

悪い冗談かと思ったものの、彼はニコリともしないままこちらの返事を待っている。ゆったりとカウンターに頬杖《ほおづえ》をついたまま、世間話の続きでもするような口調だったが、その表情はずいぶん真剣だ。

「あの……晴海くんの言ったこと、真に受けてます？」

「あいつがどこまで本気で言ってるかは分からないけど、たしかに俺たちの結婚観は合ってると思う」

「そう、かもしれませんが」

「俺も恋愛感情はいらないんだ。それより信頼で結ばれたい」

「……」

なぜこんな話になっているのか。美緒は小さく喉を鳴らす。

助けを求めるように晴海の背中をちらりと見たが、彼は他の客と話しながら料理をしていて、こちらの話を気にしている様子はない。

「君はお祖母様のためにすぐにでも子どもがほしい、俺も家の跡継ぎが必要。お互いの利害は一致している。子づくり込みの友情結婚っていうの、俺も悪くないと思ったよ」

美緒はまじまじと芝崎を見つめた。

たしかに利害は一致する。でも本気で言っているとはとても思えなかった。

美緒も一応会社経営者とはいえ、こちらの会社と芝崎の会社とでは、会社の規模も年商も差がありすぎる。御曹司である彼には、当然もっといい縁談がいくらでもあるはずだ。

「冗談ですよね？　私と結婚しても、たいしたメリットはありませんが」

「あいにく本気。俺は結婚にメリットなんて求めてないしね」

「……いや、でも」

「真面目で誠実な女性に自分の子どもを産んでもらいたい。結婚相手に求める条件はそれだけだ。話を聞いていて、君ならぴったりだと思った」

「そんなに簡単に結婚を決めていいんですか？」

「よく知らない相手と見合い結婚するよりいいと思うよ」

芝崎はうんざりした口調だ。

彼が急にこんなことを言い出したのは、周囲に結婚を急《せ》かされることによほど疲れているからだろうか。気の進まない見合いを延々と繰り返すよりは、目の前にいる気楽な相手で手を打ったほうが得策だと思っているのかもしれない。

「俺はそれなりに結婚願望があるから、妻になる人は自分できちんと見極めたいと思ってる。でも一度婚約解消してるから、周囲としては心配らしい」

「婚約するようなお相手、いたんですね」

「親が決めた話だけどね。もう何年も前に解消してるし」

さすが良家の子息だ、いわゆる政略結婚というものだろうか。美緒の周囲でも、そういう話はちらほら聞く。家柄にふさわしい、家業にメリットのある相手との結婚。

その手の婚約を簡単に解消できるのかと不思議に思ったが、芝崎の表情は淡々としていて、揉《も》めごとの気配は感じなかった。もしかしたら、何か家同士の事情があって円満に解消したのかもしれない。

でもそういうことなら、何度も見合いが持ち込まれるのも納得だ。

大企業の御曹司が未婚なのだ。それも、これほどの男前。妻になりたいと望む女性はいくらでもいるはずだし、彼の周囲も今度こそ話をまとめたいと躍起になっているだろう。

げんなりしている芝崎に、美緒は思わず同情してしまう。

「たしかにお見合い五回はつらいですね」

「実は六回目も控えてる」

「わー、大変……」

「どうする？　俺の本籍は港区《みなとく》だから、この足ですぐ婚姻届を出せるけど」

「私の本籍は埼玉《さいたま》の奥地なので、戸籍謄本が必要で……いやいや、そうじゃなくて」

さすがにこのまま婚姻届を出すというのは冗談だろう。芝崎が楽しそうに笑う。

でも子どもの父親にどうかという言葉は、冗談ではなかったらしい。

いつもはこちらが恐縮するほど紳士的なのに、今日の彼は妙に距離が近い。真剣な表情で見つめられ、胸が騒ぐ。

「せっかく価値観の合う相手が見つかったんだし、前向きに考えてみてくれないか」

「お互い気楽だし？」

「そう、気楽だし。君のことは妹みたいに思ってたし、たぶん家族になっても違和感がない」

「家族……」

芝崎の真剣な表情に押され、こちらも真剣に想像してみる。

彼と家族になり、ともに子どもを育てていく。

ためしに思い描いてみれば、その未来にそれほど抵抗はなかった。少なくとも、他の男性と一から関係を築くよりずっと気が楽だ。

気楽という理由で結婚を決めるのもどうかと思うが、そもそも友情結婚を望んでいたのは美緒も同じ。とんでもない話だと思いながらも心が揺れる。

――私にとってもこの話は悪くない……いや、むしろ願ってもみない話……？

跡継ぎが必要な芝崎は、二人のあいだに産まれる子どもを大切に育ててくれるはず。彼とはずっと気持ちのいい付き合いをしてきて、人柄にもまったく不安はない。経済的にも社会的にも、もちろん何の問題もない相手だ。

むしろハイスペックすぎて気後れするが、それさえ気にしなければ、子どもの父親としてこれ以上の相手はいないかもしれない。

どこまで本気なのかと思いつつ、美緒は冷静に考え込む。

何だか仕事上の提携先を検討しているような気分だった。結婚を申し込まれて揺れる乙女心とはほど遠い。

でも芝崎の雰囲気も、仕事の話をしているときとまったく変わらなかった。彼も条件の合う相手と手を組みたいと思っているだけなのだろう、その眼差《まなざ》しは冷静だ。

――結婚ってこういうものだったっけ……？　でもここまで割り切ってくれていたら、お互い気が楽かもしれない。

そう考えれば断る理由はないような気がしたが、ふと重要なことを思い出す。

美緒は目を伏せ、蚊の鳴くような声で囁《ささや》いた。

「でも、あの……私と、こ、子どもを作ることになりますけど」

彼は幼なじみの親友であり、経営者の先輩として尊敬してきた相手でもある。当然これまで、そういう対象として意識したことはない。

彼も美緒のことは飲み友達程度にしか思っていないはずだ。

男性は恋愛感情などなくても女性を抱けるというが、そううまくいくのだろうか。急にたどたどしい口調になった美緒に、芝崎は平然と頷《うなず》いた。

「そのために結婚するんだろ。俺は構わないけど、星川さんはどうなのかな。俺に触れられるの、抵抗ある？」

「……分かりません。そういうこと、全然経験がないので」

美緒は彼の手に視線を向ける。無造作にカウンターに置かれている手は男性らしくゴツゴツしていて、袖口からのぞく腕も筋肉質で逞《たくま》しい。

思わず触れられることを想像しそうになるが、それより早く大きな手が伸びてきた。綺麗な指先が、美緒の頬《ほお》をそっと撫《な》でる。

「嫌？」

「いや……ではないです」

掠《かす》れた声で言いながら、小さく首を振る。

突然のことにびくりとしたが、不快ではなかった。酔って熱くなっている頬に、少し冷たい指先が心地いい。

こちらの反応を見つめていた芝崎にも、抵抗がないことは伝わったのだろう。

彼は身をかがめ、美緒の耳元で囁いてくる。

「じゃあ今から試してみようか」

「……っ」

「冗談だよ。そういうことはちゃんと結婚してからにしよう」

「心臓に悪い冗談はやめてください……！」

妙に色っぽい囁きに、ますます頬が熱くなった。

芝崎は美緒の反応が新鮮で、おもしろがっているのかもしれない。彼の周囲には、こんな男女の駆け引きなどさらりとかわす、場慣れした美女しかいないだろうから。

何の経験もない恋愛初心者に、彼の色気は刺激が強すぎる。

恨みがましい気分で、隣に座る男前を見上げる。でもそこにあるのは、思いがけずやさしい眼差しだった。

「俺との結婚、本当にきちんと考えてみてくれないかな。子どものことも君のことも、絶対大切にするよ」

その声音に嘘《うそ》の匂いは感じなかった。こちらを見つめるやわらかな笑み。まるでプロポーズをされているような気分で、言葉が出てこない。

しばらく黙ったまま、彼と見つめ合う。

男女の愛はみじんもないが、信頼と親愛は伝わるやさしい表情だった。友情結婚の相手として
どうかと問われれば、間違いなく何の不足もない相手だろう。

本心を探るように芝崎を見つめながら、美緒はそっと口を開く。

「……本気にしますよ？」

「ありがとう、うれしいよ」

「もう少し考える時間をいただきたいんですが」

「もちろん。子どもの父親になる相手だ、よく考えて」

穏やかに笑う芝崎は、どこまで本気か分からない。

もしかしたら全部冗談かと思ったのだ。酒の席の戯言《たわごと》なのかと。それなのに。


——まさか本当に結婚することになるなんて……こんなに簡単に結婚を決めるなんて、どう考えても無謀だよね……？

美緒はいまだに信じられないような気分で、芝崎が記入した婚姻届を見つめる。

結局、あれから数日後にもう一度芝崎と会い、その場で結婚を決めた。たしかにすぐにでも結婚したいと思ってはいたが、自分でもびっくりな急展開だ。

芝崎はどうしても六回目の見合いを回避したかったのだろう。

そして美緒にも、すぐにでも結婚したい理由ができてしまった。祖母がまた入院することになったのだ。

美緒は大学卒業を機に一人暮らしを始め、祖母とは別々に暮らしている。入院のことは、祖母本人が電話で知らせてきた。

「休み休み仕事も続けてたけど、やっぱりちょっと疲れちゃったみたいね。いい機会だから、ゆっくり休むわ」

「……そう。近々お見舞いに行くね」

「そんなに心配しなくていいのよ。お見舞いも無理しなくていいから、美緒は自分の仕事を頑張りなさい」

祖母はいつもどおりの口調だったし、それほど深刻な症状ではないのかもしれない。それでも、ここのところすっかり痩せた祖母の姿を思い出すと、美緒は胸が痛んだ。

五十代の終わりに背負うことになった子どもの養育は、祖母にとって身体的にも精神的にもずいぶん負担だっただろう。それなのに美緒を大学まで行かせてくれたし、起業すると決めたときも誰より応援してくれた。

孫娘のすることには口出しせず、何も求めず、ただやさしく見守ってくれた祖母。

その祖母が美緒に望んだことはただひとつ——曾孫の顔を見せてほしいという、ごくささやかな願いだけだ。

せめてそれだけは絶対に叶《かな》えなければ。

祖母の入院を知った夜、美緒は静かに決心した。

だから迷いなく芝崎の手を取ったのだ。トントン拍子に結婚の話が進んでしまったことに戸惑いはあっても、後悔はない。

——おばあちゃんも喜んでたし、これでよかった。むしろあんなに喜ぶなら、もっと早く結婚相手を探すべきだったな……。

結婚を決めてすぐに芝崎と二人で見舞いに行き、彼を婚約者として紹介すると、祖母は目に涙を浮かべて喜んだのだ。

「まさか美緒が、こんなに立派な人を連れてきてくれるなんて……もうおばあちゃんがいなくても大丈夫なのね。安心したわ」

両親のいない孫娘を何があっても守らねばと、祖母はずっと気を張っていたらしい。ようやく肩の荷が下りたと泣き笑いする祖母を見て、美緒も胸が詰まった。

大切に大切に育ててもらった。その祖母に、形だけとはいえ結婚することを報告できて、本当によかったと思う。

「いつから美緒とお付き合いされていたんですか？　この子に恋人がいるなんて、全然気付かなかったわ」

「一年ほど前でしょうか。晴海の友人として仲良くしてもらって、素敵な女性だとは思っていたんですが……私も仕事が多忙で、なかなかきっかけが掴《つか》めなくて」

「まあまあ、ずっと美緒に好意を持ってくださっていたのね」

「ええ。ようやくお付き合いできるようになって、ますます惚《ほ》れ込《こ》んだんです。頑張り屋で真面目で、会社のことも社員のことも大切にしていて。絶対に結婚したいと思っていたので、プロポーズを受けてくれてホッとしました」

芝崎がこちらにまぶしいほどの笑顔を向ける。美緒も慌てて引きつった笑みを浮かべた。

——芝崎さんすごいな、息するように嘘つくよね……！

祖母を喜ばせてくれるのはありがたかったが、ちょっとサービスしすぎではないだろうか。

祖母の体調を心から気遣い、美緒を宝物のように大切にしている姿を見せ——その日、婚約者としての芝崎の振る舞いは完璧だった。おそらく誰が見ても、利害が一致しただけの結婚だとは気付かなかっただろう。

その後も何度も見舞いに同行してくれた芝崎は、もうすっかり祖母のお気に入りだ。美緒は改めて礼を言う。

「芝崎さん、本当にありがとうございます。あれから祖母の体調も安定しているようですし、ホッとしました」

「俺は何もしてないよ。お祖母様が喜んでくださってよかったな」

「そちらのご両親にも、早くお目にかかれるといいんですが……」

芝崎の両親とは都合が合わず、後日挨拶に行くことになっている。

本来なら事前に両家の顔合わせや結納をするべきだろうが、祖母は入院中だし、芝崎の両親からの勧めもあって、先に婚姻届を出すことにした。

彼の母親は、早々に入籍するようにと何度も連絡してきたらしい。「婚姻届を出すまで気が気じゃないわ、お相手に逃げられる前にさっさと出してしまいなさい」と言われたことを聞き、美緒は思わず苦笑した。芝崎の両親はよほど息子の結婚を切望しているのだろう。

とはいえ、今のところ結婚式や新婚旅行の予定もまったくの白紙なのだが。御曹司の結婚がこんなに簡単でいいのだろうか。

困惑している美緒に、芝崎は「大丈夫だよ」と笑った。

「両親は俺が結婚すると聞いただけで大喜びだし、君のことをすごく歓迎している」

「でも、うちはごく普通の家ですし、私には両親もいませんし。芝崎さんのおうちとは釣り合わないですよね？」

この結婚に反対する親族はいないと聞いているが、それはあくまでも芝崎の言い分だ。彼の両親は大企業の社長夫妻。息子の妻になる女性が会社を経営していると知れば、事業内容や経営状況はもちろん気になるものだろう。

口には出さなくても、息子の結婚相手が小さなランジェリーブランドの代表だということに、内心がっかりしているのではないだろうか。

でも芝崎は、しみじみとした口調で言った。

「ご両親がいなくても、お祖母様と二人で力を合わせて頑張ってきたんだろう。少しでも早くお祖母様に恩返しがしたいからと学生時代に起業して、ここまで会社を大きくして。寝る間を惜しんで努力してきたはずだ」

「それは……私には、何もなかったので」

「星川さんの頑張りはよく分かっている。俺もうちの両親も、釣り合わないなんて失礼な言葉で君を見下したりしないよ」

真剣な表情でそう言ってくれたことに、胸がいっぱいになった。その力強い言葉には、美緒がここまで重ねてきた努力への敬意と労《いたわ》りがにじんでいる。

美緒は勝手に卑屈になってしまったことを反省した。この彼を育てた両親なら、人柄に不安はないだろう。

「すみません、ご両親のお気持ちまで決めつけて」

「いや、君が引け目を感じているとしたら、俺のフォローが足りないせいだ。これからも気になることがあればちゃんと言ってほしい」

「分かりました。すごい格差があると思うと不安ですが……今さらですよね。あまり気にしないようにします」

どちらにしても、あんなに喜ぶ祖母の様子を見せられた今、この結婚を取りやめることはできなかった。美緒は祖母を安心させるため、芝崎は家の跡継ぎをもうけるため。二人にはそれぞれ目的がある。今さら後戻りはできない。

子どもを産むための、恋愛感情抜きの、互いに割り切った結婚。

一般的ではないかもしれないが、見合い結婚や政略結婚もいまだに存在するのだから、こういう形もあっていいはずだ。なるようになるだろうと腹を括《くく》る。

「夫の両親とのお付き合いというのも、結婚しないとできない貴重な体験ですし。せっかくなので楽しまないと」

朗らかな笑みを見せた美緒に、芝崎も「前向きだね」と目を細めた。

「そうだな、縁あって夫婦になるんだから、子育てだけじゃなくて結婚生活も楽しもう」

「仲のいい家族になりたいですしね。できればお互いの家族とも」

「うちの両親のことは心配いらないよ。君は有能で勉強熱心だし、性格もやさしくて真面目だ。文句なしに素晴らしい女性だと伝えてある」

「……必要以上にハードルを上げないでください」

芝崎の言葉に頭を抱えつつペンを持つ。婚姻届を書き上げるのに、もう躊躇いはなかった。

記入が終わると、芝崎はそれを折りたたんで封筒に入れる。これから区役所に提出するのだ。問題なく受理されれば、二人は正式に夫婦となる。

「これからよろしくお願いします」

「こちらこそ。俺を結婚相手に選んでくれて、本当にありがとう」

差し出された手をそっと握る。

きちんと清潔に整えられた、でも男性らしい大きな手。

今まで異性との深い関わりを避けてきた美緒は、ただその手を取るだけでドキドキしてしまう。

そんな自分がもうすぐ既婚者になるなんて、人生何が起こるか分からないものだ。

それでも、穏やかでやさしい彼とはいい家族になれるだろう。

恋愛感情などなくても、協力して子育てをする家族として、そしていい友人としてうまくやっていけるはず。——美緒はそう思っていたのだ。このときは、たしかに。

第二章

区役所の時間外受付で婚姻届を提出すると、芝崎の車は都内にあるラグジュアリーホテルに向かった。

宿泊フロアの最上階にあるスイートルームからは、都心の街並みが一望できる。今夜一泊することは事前に聞かされていたが、まさかスイートルームを取っているとは思わなかったので、美緒は動揺した。

「……スイート」

「せっかくだからね」

「いやいや……不躾なことを言うようですが、お高いですよね？」

「いいんだよ、一生に一度の記念日なんだから」

それにしても、利害が一致しただけの結婚なのに、これはやりすぎではないだろうか。

世界的にも名の知れた外資系ホテル。しかもスイート。入籍の記念とはいえ、かなりの大盤振る舞いだ。

部屋にはシャンパンが用意され、香りのいい花々がふんだんに生けられている。これはホテル側のサービスではなく、夫の心遣いなのだろう。

——私たち、単なる友情結婚なのに。こんな贅沢していいのかな……。

美緒はそわそわするが、芝崎はまったく気にする様子もなくシャンパンを注いでくれる。

「あの、私は何をお返しすればいいでしょうか」

「お返し？」

「だって、こんなにお金を使わせてしまって」

「俺が勝手にしたことだよ。でも一緒に楽しんでくれたらうれしいかな。思いがけず理想の結婚ができて、結構浮かれてるみたいなんだ」

やさしい眼差しで頬を撫でられ、ドキッとした。

理想の結婚。こんな男前から、自分と結婚できて浮かれているなどと言われて、ときめかない女性がいるのだろうか。

もっとも、彼は気楽な相手と割り切った結婚ができて、喜んでいるだけなのだが。そのことは、もちろん美緒もよく分かっている。

——分かってるけど……勘違いしないように気をつけないと。芝崎さん、育ちがいいからか手慣れているからか、女性が喜ぶようなことをさらっとするんだよね……。

案の定、夕食も想像以上に豪華だった。二人きりでゆっくり食事をしようと言われ、ルームサービスでコース料理を堪能したのだ。

夕暮れ時の茜空《あかねぞら》からきらびやかな夜景に変わっていく景色を、特等席で眺めながらのディナー。プライベートな空間でくつろぎながら、通常のメニューにはない極上のコース料理を楽しむことができ、とても贅沢な気分だった。

食事のあとで重厚な造りのバスルームも満喫し、美緒はソファに沈み込む。サプライズで出てきた結婚祝いのケーキまでぺろりと食べてしまったので、さすがに満腹だ。

「夜景も綺麗。こういうの初めてです」

ずっと東京暮らしだったし、自分も祖母も質素堅実なタイプなので、都内でホテルステイを楽しむという発想がなかった。広々とした部屋から眺める東京の夜景は、何度も見たことがあるはずなのに新鮮だ。

「そういえば、晴海の店以外できちんと食事するのも初めてだったな」

「お昼は何度かご一緒しましたよね」

「あれはほぼビジネスランチだろ。お互いの電話が鳴りっぱなしで落ち着かなかったし」

美緒のあとで風呂に入った芝崎が、髪を拭きながら笑う。何度か慌ただしく昼食をともにしたときのことを思い出し、美緒も「たしかに」と苦笑した。

結婚を決めてからここ一ヶ月のあいだに、今後の生活について何度も話し合いを重ねてきた。割り切った結婚である二人のあいだに新婚生活への甘い期待などはもちろんなく、事務的な話や互いの仕事についての確認事項が中心で、たしかにビジネスランチと言われても納得の雰囲気だったように思う。

でも、今日からは夫婦として過ごすのだ。

たった一ヶ月で、あっというまに二人の関係が変わった。何だか不思議な気分だ。

「今日は邪魔が入らないといいけど。入籍した当日くらい、かわいい妻を独占したいし」

「か、かわいい……」

「できるだけ二人でいる時間を作ろうよ。子どものためにも、ちゃんと仲のいい夫婦になっておきたい。妊娠したらいろいろ忙しくなるだろうから」

「……そう、ですよね」

美緒はソファの上で小さくなった。今まで自分には無関係だった「妊娠」という一言を妙に生々しく感じながら、芝崎の横顔を見つめる。

彼のバスローブ姿も、セットしていないさらさらの髪も、もちろん初めて見るものだ。互いにバスローブのままで、ホテルの部屋で二人きり。ほんのり緊張していると、髪を拭き終えた芝崎が隣に座った。

「結婚指輪つけようか、今」

「そうですね。もう入籍も済ませましたし」

テーブルの上には、有名海外ブランドのジュエリーケースがある。一応夫婦になるのだから必要だろうと芝崎が言い、結婚を決めてすぐに選んだ指輪だ。サイズ直しが終わったそれを、今日受け取ってきたばかりだった。

結婚指輪もピンキリだと聞くが、この指輪は間違いなくピンのほうだろう。プリンセスカットのダイヤモンドが一粒埋め込まれた指輪はシンプルで品があり、そしておそろしく高額だった。

左手薬指に収まった指輪を見て、ますます不思議な気分になる。

夫になった人と揃《そろ》いの指輪。あっというまに縁付いた関係は、こうして結婚指輪をつけてみてもなお実感がない。

「本当に結婚指輪ですね」

「本当に結婚したからね。婚約指輪も贈りたかったのに」

「いえいえ、この指輪だけで充分ですから」

芝崎は不満そうだったが、美緒は慌てて首を振る。利害が一致しただけの妻に、これ以上散財させるわけにはいかない。

「指輪、うれしいです。祖母にも見せなくちゃ」

「よかったら明日、お祖母様の病室に寄らせていただこうか。入籍の報告もしたいし」

「ありがとうございます、祖母も喜びます」

やさしい笑みを浮かべた彼が、美緒の頭を撫でる。

でもそのとき、髪がまだ乾いていないことに気付いたらしい。ヘアクリップが外され、長い髪が肩にかかった。

「まだ濡《ぬ》れてる。ちゃんと乾かさないと風邪ひくよ」

「朝には乾きますよ。私しょっちゅうこのまま寝落ちしてて」

「これからは寝落ち禁止。ほら、おいで」

パウダールームに連れていかれてスツールに座ると、芝崎がドライヤーを手にした。

肩より長いダークブラウンの髪は、ヘアオイルを馴染《なじ》ませると緩く巻いたようにふんわりと癖が出る。彼はその髪を丁寧に乾かしてくれた。

父親も恋人もいなかった美緒は、こんなふうに男性の手で髪を乾かしてもらったことはない。長い指にゆっくりと髪を梳《す》かれるのが気持ちよかった。

「女性の髪は時間がかかって大変だな。ちゃんと乾かしてくればよかったのに」

「お風呂、お待たせしてしまったので……私すごく長風呂で」

夜景が見える贅沢なバスルームだったので、ついのんびり長湯をしてしまったのだ。……正直に言えば、これから彼に触れられる可能性を考え、いつもの倍以上の時間をかけて身体を洗っていたという事情もあるのだが。

気付けば結構な時間が経《た》っており、早く出なければと焦ってしまった。

「待たせておけばいいんだよ、そんなの。もし俺が待ってると落ち着かないなら、今度から一緒に入る？」

「そうだね。一緒に育休を取るか交代で休むか、よく考えないとな。できるだけ君の都合に合わ

「子ども、早くほしいですね」

しみじみと幸せを感じる。

子どもが産まれれば、また家族が増える喜びがあるのだろう。こうして家族が増えていくことに、

もうすっかり大人なので一人で生きていけるが、誰かがそばにいてくれることはやはり心強い。

常にそういう不安と隣り合わせだったから。

母との暮らしはどこか心細いものだった。いつかそう遠くない未来に、また一人になってしまう。

父は最初からいなかった。母は途中でいなくなった。祖母とは家族だったけれど、年老いた祖

きたのだと、一人静かに感動していた。

彼は何気なく口にしたのかもしれない。でも美緒は、自分にもずっと一緒に暮らせる相手がで

鏡越しに夫と目が合う。

方を模索していこう。これからずっと一緒に暮らすんだから」

「本当に気を使わなくていいよ。お互い一人暮らしも長かったし、少しずつ居心地のいい暮らし

顔は、すぐにやさしい笑みに変わる。

そんなことを言いながらも、肩をすくめる彼は全然残念そうではない。でもいたずらっぽい笑

「そうか、残念」

「は、入りません……」

せるようにするよ」

「社員とも早めに相談します」

「そういえば、どうして下着メーカーを立ち上げようと思ったんだ？　個人の新規参入は難しいような気がするんだけど」

やさしい手つきで美緒の髪を梳きながら、芝崎が首を傾げる。

洋服であれば数種類のサイズを用意すれば販売できるが、女性用の下着はそういうわけにはいかない。ブラジャーはアンダーとカップの組み合わせが何通りもあり、幅広くサイズ展開をする必要がある。彼の言うとおり、資金力や商品開発力のある大手企業ならともかく、個人が新規で立ち上げるのはハードルが高い。

それでも美緒は、自分でランジェリーブランドを作ろうと決めていた。

「自分の身体にコンプレックスがあったから、ですかね」

美緒はバスローブの胸元をきゅっと握る。

ボリュームのある豊かな胸。同性からはうらやましいと言われるそれが、美緒にとっては長いあいだ悩みの種だった。

「初めて痴漢に遭ったのは小学生のときです。すれ違うときに触られたり、公園のトイレに引きずりこまれそうになったり、いろいろあって」

「……子どものころからそんなことが？」

芝崎の表情が険しくなった。

派手な美人よりおとなしそうな女性のほうが痴漢に狙われやすいと聞いたことがある。抵抗や通報ができない雰囲気の、いかにも気の弱そうな女性を狙うのだと。

子どもだから被害に遭わないなどということはなく、むしろ性的な知識のない子どもを狙う卑劣な大人も多いのだと、身をもって知った。内向的だった子ども時代、美緒はどれほど不快な思いをしてきたか分からない。

そして成長期に下着をうまく選べなかったことも、コンプレックスに拍車をかけた。

祖母には言いにくく、近くに住む叔母に一度相談したことがある。ジュニア用の下着ではサイズが合わず、大人用の下着を買いにいきたいと言った美緒に、叔母は顔をしかめた。

「まだ早いわよ、そんなの。まったく、身体ばっかり大きくなって……いやらしいわね。今から派手な下着をつけていたら、姉さんみたいになるわよ」

発育のいい胸元をじろじろ見ながらそう言われ、美緒は小さくなった。母をよく思っていなかった叔母は、美緒に対しても当たりが厳しかったのだ。

派手な下着がほしいなどとは言っていない。

ただ、サイズの合うものがほしいだけだったのに。

蔑《さげす》むような口調でいやらしいと言われたことに、多感な年頃だった美緒は大いに傷付いた。自分を捨てた母を嫌悪していたから、あんなふうになると言われたことも不安だった。

そしてそれ以来、女性らしい膨らみを増していく自分の身体も、それを隠すための下着も、とても恥ずかしいものだと思うようになった。

「自分の身体が全然好きになれなかったんです。しょっちゅう痴漢に遭うのも、自分の身体つきのせいだと思っていましたし」

「それは絶対に君のせいじゃない」

「今はそう思えるんですけど、そのころは叔母に言われたことがずっと気になっていて」

「そうか……嫌な思いをしたな」

小さい子にするように頭を撫でられ、くすぐったい気持ちになる。

いろいろあった叔母とは疎遠になっていて、結婚の報告も祖母経由で簡単に済ませた。他に親戚付き合いはなく、今まで頼れる身内は祖母だけだったから、こうして寄り添ってくれる相手が一人増えたことは心強い。

「コンプレックスがあったから、女性の身体や下着に対する思い入れも強かったんだと思います。それがなかったら、自分のブランドを立ち上げるほどの情熱はなかったかもしれません」

昔は自分の身体が恥ずかしくて仕方なかった。中学でも高校でも大きな胸を隠そうと背中を丸め、サイズの合わない下着をつけて胸を潰していた。

でも見かねた友人たちが買い物に連れ出してくれたことで、人生が変わったのだ。

友人たちが連れていってくれたのは、高価なインポートブランドも数多く扱う大型店だった。

女心を刺激する繊細な刺繍《ししゅう》やレース、選ぶのが楽しくなるカラーバリエーション。美しい下着ばかりがずらりと並ぶ光景は圧巻で、最初は怯んだ。でも時間をかけてフィッティングした下着は、つけ心地もデザインも最高だった。

人には見せない、洋服の下で自分だけのためにまとう、とびきり素敵な下着。

自分の身体は恥ずかしいものではない、引け目を感じることもない。好きなものを好きなように装えばいい。美しい下着で大切に包み込んであげてもいいのだと思えたそのときから、少しずつ女性の身体であることを楽しめるようになった。

メイクやおしゃれは自信のある振る舞いに繋《つな》がるというが、本当にそのとおりだと思う。

好みの下着を身につけ、しっかり背筋を伸ばして前を見ると気分が上がった。明るく堂々と振る舞えるようになると、痴漢や変質者に狙われることも減った。そしてとうとう、自分でランジェリーブランドを立ち上げることまで決めてしまったのだ。

「自分のために綺麗なものを身につけるって、大事なことだと思ったんです。お守りやお気に入りのアクセサリーみたいに自信や勇気をくれる。だから毎日選ぶのが楽しくなるような、宝石みたいな下着を自分の手で作りたいと思いました」

美緒が経営する「アミュレット」のメインターゲットは、三十代後半から四十代の女性だ。みずみずしい若さを脱ぎ捨て、成熟した美しさが匂い立つ年齢の女性たち。自分自身のために美しい下着を身につけたい、見えないところまできちんと装いたいという大人の女性に向けて、ゴージャスで品のいい下着を作っている。

高価格だが品質のよさには自信があった。

年齢を重ねて揺らぎやすくなった肌にやさしく寄り添う上質な素材、少しずつ変化する体型をしっかりサポートする丁寧な縫製。頑張る女性のお守りになってほしいと、常にこだわり抜いて作ってきたのだ。

「起業したときはまだ学生だったんだよね」

「そうですね、本当に何も分からなくて。でも楽しかったです。祖母が工場を持っていたので、ずいぶん助けられました」

何の伝手《つて》もない美緒が飛び込めたのは、祖母の経営する縫製工場の力が大きい。

祖母の工場は小さいけれど高い技術力で知られていて、小ロットの製造や試作など、これまでたくさん助けてもらった。祖母も「甘えてばかりなんだから」と苦笑しつつ、孫との仕事を楽しんでくれていた。

大好きな祖母と一緒に仕事ができることも、ささやかながら売り上げに貢献できることも、美緒はとても誇らしかったのだ。

「祖母の仕事にうまく便乗させてもらっただけですけどね。図々しいんです、私」

「それでここまで成功させたんだから大したものだよ。頑張ったよな」

しみじみとした口調で褒められて、美緒は照れくさい気分で目を伏せた。

結婚しても出産しても、自分の仕事は大切にしたい。結婚相手も、妻の仕事に理解がある人を選びたいと思っていた。おそらく芝崎は妻の仕事をないがしろにしないだろう。そういう人と結婚できてよかったと、改めて思う。

「本当に仕事が好きなんだな、君は」

「仕事優先で、あまりいい妻ではないかもしれませんが。料理も本当に苦手ですし」

「ああ、しょっちゅう爆発させるんだっけ」

外では仕事のできる女で通っているし、家事もそこそこできるが、料理だけは目も当てられない。祖母にも「もう料理はできなくていいから、家政婦さんを頼めるくらい稼げる女になりなさい」と、力いっぱいさじを投げられた。

「だいたい爆発するか焦げるかびちゃびちゃになるかで、ドキドキ三択チャレンジになってしまうんですよね……」

「嫌なチャレンジだな」

今さらながら申し訳ない気持ちになったが、芝崎は「了解、何もしなくていいよ」と楽しそうに笑った。

「俺は料理が趣味だし、全然苦にならない。苦手なことはフォローし合おう」

「……やさしい」

いまだに家事は女性がするものという風潮は残っていると感じるし、一度だけ会った見合い相手には「女性なのに料理もできないんですか？」と困惑した表情を向けられた。

でも芝崎にはそういう固定観念はなく、ありのままを受け入れてくれる。本当にいい夫だ。

「案外抜けているというか、放っておけないところがあるよね。……よし、おしまい」

芝崎がドライヤーのスイッチを切る。

触ってみると、明らかにいつもよりも髪のまとまりがよかった。夫はたっぷり時間をかけて丁寧に乾かしてくれたらしい。

美緒はサラサラとした髪の感触に感動していたが、鏡越しに見える芝崎の表情は冴えない。彼は何か考え込みながら、慎重に口を開く。

「今さらなんだけど……子づくりのこと、無理してないかな」

「無理？」

「さっきの話を聞いたらいろいろ心配になった。小学生のころからそんな目に遭ってたら、男が苦手になるのも無理はない。前にも聞いたけど、俺に触れられるのは抵抗ない？」

「……たぶん、ないと思います」

今までは男性に触れられて不快になることばかりだったが、婚姻届を出した今、夫とのスキンシップを断る理由はない。むしろ早々に子どもをつくりたいと思っているのだ。触られるのも嫌だと言っては、話にならないだろう。

「じゃあ、抱きしめても大丈夫？」

ほんのり色めいた口調で言われ、鼓動が跳ねた。

一ヶ月ほど前に結婚を決め、それからは何度も彼と顔を合わせてきたものの、いつも仕事の打ち合わせのような雰囲気だった。当然、キスはおろか抱きしめられたこともない。

ドキドキしながらぎこちなく頷くと、後ろからそっと芝崎の腕に閉じ込められた。

バスローブ越しに感じる腕は筋肉質でがっしりしている。自分の夫になった人の身体。彼が口にした「子づくり」という言葉を妙に意識してしまい、頬の熱が上がる。

「香水つけてる?」

「いえ、今は何も」

「何の香りだろう。落ち着く香りだ、君によく似合う」

彼が美緒のうなじに鼻先を埋めた。熱い吐息がかかるたびになぜだか身体の奥がむずむずして、芝崎の腕の中で小さく身動《みじろ》ぎする。

――ちょっとくすぐったいけど……全然嫌じゃない。

嫌悪感はまったくない。むしろ芝崎に抱きしめられるのはホッとした。

互いの体温が馴染んだころ、彼が腕を緩める。

「君のことは前々からいい子だと思っていた。晴海が家族みたいに大切にしていることは知っていたし、俺も妹みたいにかわいいと思っていたんだ」

「私も芝崎さんのことを兄のように思っていました」

晴海同様、実の兄のようにかわいがってくれる人。でも彼の眼差しには、明らかに今までとは違う熱がこもっている。

不思議と、怖いとは思わなかった。

最初から幼なじみの親友という安心感があったし、何度も顔を合わせて培《つちか》ってきた信頼もある。今まで男性から触れられることには嫌悪感があったが、彼はこちらの尊厳を傷付けるようなことは決してしてしないはずだ。

「結婚した以上、きちんと夫婦になりたい。さっきの話を聞いてちょっと迷ってるんだけど……抱いても大丈夫？」

率直に問われ、ドキリとした。でもそれは自分も望んだことで、この結婚の目的を果たすためには避けられないことでもある。

緊張で声が出ないまま、美緒は小さく頷いた。

「分かった。怖くなったらいつでもやめる。……寝室に行こうか」

逞しい腕が、美緒をスツールから抱き上げる。まさか横抱きにされるとは思っておらず、慌てて彼の首に腕を回した。

「芝崎さん、自分で歩けます……！」

「歩かせたくない。今日から君は俺の妻だ。たくさん甘やかすから、覚悟しておいて」

「……っ」

彼は楽しそうに言いながら、迷いなく寝室へ向かった。

ちらりとこちらを見る眼差しが、やさしく甘い。ただ利害が一致して妻になっただけなのに、そんな目で見られると、それだけで胸の奥がきゅうっとする。

寝室のドアを開け、芝崎はベッドの端に美緒を座らせて、自分も隣に座った。

コーナースイートの寝室は二面が窓になっており、こちらも夜景が美しい。カーテンが開いたままの室内は、照明をつけなくてもほんのり明るかった。

「あの……子ども、今日から……?」

「本当はすぐにでもと思ってるんだけど、きちんと心の準備ができるまで少しずつ慣らすよ。いきなり痛いことはしないから、心配しないで」

「……慣らす」

「お互い少しずつ慣れていこう。まだ夫婦になって一日目だしね」

具体的に何をされるのかはよく分からなかったが、穏やかな言葉にホッとした。彼はこちらのペースに合わせてくれるつもりらしい。

それでも芝崎は跡継ぎを必要としているし、あんなに結婚を喜んでくれた祖母のことを思えば、絶対曾孫の顔も見せてあげたい。

焦りは禁物だと思うものの、望んだとおりに授かれるとは限らず、不安もあった。

――いや、まずは私が「そういうこと」をきちんとできるかどうかなんだけど。何の経験もないくせに、よく子づくり込みの友情結婚なんてするつもりになったよね……。

今まで恋人がいたことはない。性的にも淡泊なのか、それで不自由することもなかった。大して欲もないのにうまくできるものなのか。

こちらの不安が伝わったのか、彼はふっと小さく笑って、美緒の頬を撫でた。

「緊張するよね。俺も緊張してる」

「いや、そんな。絶対手慣れてますよね」

「全然慣れてないよ。こういうの本当に久しぶりだし。……キスしてもいい？」

小さく頷くと、彼の唇がゆっくり美緒の額に触れる。頬や、耳元にも。やわらかい唇で触れられると少しくすぐったいが、嫌ではない。

一瞬見つめ合ったあと、唇が重なった。やさしく触れては離れ、また重なる唇。

「美緒……大丈夫だからもう少し力抜いて」

「……っ、は、い」

キスの合間に、初めて名前で呼ばれる。その甘い囁きにきゅんとした。

——あ……キスも、好きかもしれない。

室内は空調が効いて快適だが、風呂上がりの身体は少し冷えていたようだ。あたたかい唇が触れるのが気持ちよく、何度も触れているうちに緊張が緩んでいく。

キスにも抵抗がないことが伝わったのか、やがて触れるだけのキスを繰り返していた唇に、彼の舌が触れた。濡れた感触に驚いて唇を開くと、舌先が侵入してくる。

「ふ……っ、ぁ……」

急に性的なものになった口づけに、美緒はびくりと身体を震わせた。

芝崎は無理に舌を捻《ね》じ込《こ》むようなことはせず、慣らすように舌先だけを擦り合わせてくる。

濡れた舌同士がぴちゃぴちゃと音を立て、絡まった。淫靡《いんび》なキスに、美緒はされるままになっているのがやっとだ。

「ん、んっ……」

「ゆっくり息しようか」

「んぅっ……は、ぁ……っ」

うまく呼吸ができず、頭がぼんやりしてくる。

名残惜しそうに唇を離した芝崎が、吐息を乱した美緒を見て苦笑した。

「ごめん、苦しかったな。もう少し触れても大丈夫そう？」

未知の行為は怖い。でも夫を信じて頷けば、やわらかなベッドにゆっくり横たえられる。

首筋に何度も口づけられ、くすぐったいような気持ちいいような感触に悶《もだ》えた。

そちらに気を取られているうちに、彼の手が美緒の胸に触れる。バスローブの上からやさしく膨らみが覆われ、ゆっくりと撫でられた。

ゴツゴツした男性的な手なのに、美緒に触れる手つきはやわらかで、絶対に痛い思いをさせまいという強い意志を感じる。

組み敷かれて一方的に与えられるのは怖いような気がしたが、気遣ってくれているのだと思うと不安がなくなる。美緒は小さな吐息を漏らした。

「あ、ん……っ」

布越しに撫でられているだけで、強い快感があるわけではない。でも男性の大きな手で触れられれば、身体の奥がじんわりと熱くなる。

懸命に声を抑えていると、口に当てていた手の甲がそっと外された。

「声、聞かせて。気持ちよかったらちゃんと教えてほしい」

普段は穏やかな芝崎が、別人のように甘い声で囁く。そのギャップに驚いている余裕もなく、美緒は必死で何度も頷いた。

どちらにしても、それほど我慢はできそうにない。

美緒は彼に言われるままに、甘い声を絶え間なく漏らす。

「あ、あ……っ、はぁっ……」

「かわいい声。もう少し触るよ」

「んんっ……あ、あっ……芝崎さん……」

膨らみがやさしく揉まれ、揺らされる。そうされているうちに、胸の先が尖《とが》ってくるのが自分でも分かった。

でも、彼はそこには触れない。たっぷりとした膨らみに、布越しのキスが落ちてくる。かすかに感じる夫の吐息が熱い。

中心に触れてもらえないもどかしさで、美緒は小さく腰を揺らした。触ってほしいと思う自分に戸惑ったが、思いやりを感じる手つきがうれしく、もっとされたいと本能的な欲が募る。

「脱ごうか。全部見せて」

艶っぽく響く低音が、少しだけ掠れている。

芝崎も興奮しているのだと知ってホッとした。女性として見られていないことは分かっているが、ここまできてその気になれないと言われたら目も当てられない。

身動ぎしているうちに、バスローブの腰紐《こしひも》をするりとほどかれる。固く目を閉じていると、芝崎が息をのむ気配がした。

「ああ、綺麗だな。アミュレットの下着?」

「……そう、です」

どうするべきか散々迷って、バスローブの下はふんわりとした素材のベビードールとショーツだけを身につけた。

レース地をふんだんに使った純白のベビードールには、全体に繊細な刺繍が施されている。安っぽいものにはしたくないと思い、ウエディングドレスのような華やかさを目指して開発した商品だ。優美なデザインは、狙いどおり女性のきめ細かい肌を引き立ててくれていた。

それでもやはり、扇情的《せんじょうてき》な下着ではある。

肌が透けないので一見清楚《せいそ》に見えるものの、胸元の大きなリボンをほどけば簡単に前がはだけてしまう仕様だ。同色のショーツも、フロントとサイドにたっぷりのフリルが使われていてかわいらしいが、バックスタイルはほぼ紐状《ひもじょう》のTバックになっている。

商品として冷静に眺めていたときは上品でかわいい印象を持っていたし、一人で楽しむ分には気分が上がるデザインだった。

でもこうして夫の前で身につけると、男性を楽しませるための下着でもあると実感させられて、どうにも落ち着かない。

「あの……変ですか？」

何の反応もないことに不安になりながら、おそるおそる口にすると、「まさか」という囁きが返ってくる。その声は、不慣れな美緒にもありありと分かるほどに欲情していた。

「ごめん、ちょっと余裕ないかも」

「え？　……あ、っ、あああっ……！」

薄い布越しに、いきなり胸の先をじゅうっと吸われた。尖った先端が、彼の舌先で丁寧に舐《な》めしゃぶられる。

甘い熱に包まれ、蕩《とろ》けそうだった。

早く愛撫《あいぶ》してほしいとは思っていたものの、こんなふうに執拗《しつよう》に舐められると、気持ちよすぎておかしくなりそうだ。

「あっ、ふぁ……っ、ぁん……ッ」

「気持ちいい？」

「ん、気持ちい……！」

「よかった。たくさん感じて」

素直に頷けば、芝崎はうれしそうに目を細める。

胸元のリボンがほどかれ、はらりと前が開いた。

胸の先はすでに尖り、赤く色付いている。彼がふっと息を吹きかけ、そんな小さな刺激も切ないほどの快感に変わった。

「んぅ……っ」

「こんなに尖らせて……もっとしてほしい？」

「そんなっ……あ、だめ……っ」

口先だけの拒否になど、何の意味もない。

かすかな笑みを浮かべた芝崎は、色っぽい眼差しでこちらを観察しながら、舌先でちろちろと敏感な尖りを嬲《なぶ》る。

これほどの美形が色気を滴らせ、自分の身体を愛撫しているのだ。

その光景は、何の経験もない美緒には強烈な刺激だった。

「あ、んんっ……や、ぁ……っ」

「こっちは触ってないのに、こんなに膨らんでる。自分でも分かる？」

「……っ、は、ぁ……ッ、あ、あっ」

舌で愛撫しているのとは反対の胸に、彼の手が伸びてきた。指先でそっと先端を擦られ、舌とはまた違う気持ちよさに翻弄される。

触れてくる指はくすぐる程度のやさしさなのに、与えられる刺激は驚くほど鋭い。

慣れない快感に背中を浮かせて喘《あえ》げば、彼の指が豊かな膨らみに沈む。少しかさついた指先や尖らせた舌先でいじめられ、美緒はすがるようにシーツを握りしめた。

「んっ、あ、ああッ……や、芝崎さん……！」

「指と舌、どっちが好き？」

「わ、わかんな……っ、ああっ！」

「舌のほうがいいかな。いっぱい気持ちよくなろうか」

「え……あ、あ……っ」

彼の大きな手で、やわらかなふたつの膨らみが寄せられる。両方の胸の先も。

いつもは慎《つつ》ましい先端が、舌と指先で愛撫されてぷっくりと尖っていた。濡れた尖りが淫らに思えて恥ずかしいのに、目を逸《そ》らせない。

何をされるのかという怯《おび》えと――与えられる快感への、かすかな期待。

芝崎はそれが分かっているかのように、見せつけるようにしてゆっくりと先端を口に含んだ。彼の口内で、硬くなったふたつの尖りが舌先で弾《はじ》かれる。

「ああっ！　や、うそっ、両方はだめ……っ」

「なんで？　一緒にかわいがりたい」

「あ、ん……っ、だめ、気持ちよすぎるからぁ……っ！」

美緒は胸に顔を埋めている芝崎の髪を、せわしなく撫でる。

両側の先端を同時に舐められるのは、強烈な快感だった。

指での愛撫も気持ちいいと思ったが、ぬるぬるとした熱い舌で嬲られるたび、悲鳴じみた声を上げてしまう。

「は……っ、ああっ、芝崎さん、それ、もう……っ！」

じわじわと溜《た》まる熱が、勝手に腰を揺らす。

淫らに揺れる腰に気付いた芝崎が、熱っぽい笑みを浮かべた。

「美緒、自分で胸寄せて」

「え……？」

「ほら、こうやって」

両手が胸の膨らみに導かれる。美緒は戸惑いながらも、自らの手で両胸を寄せた。

「や……芝崎さん、こんなの……」

「あー、何だか悪いこと教えてるような気分になるな」

胸への愛撫を自分からねだるようなその体勢は、夫を大いに興奮させたらしい。はあっと熱い息をついた彼が、再びむしゃぶりついてくる。

「ひ、ぁ……っ！　や、それ……気持ちいいから……！」

「うん、もっと感じていいよ」

「でも……っ、あ、あっ……もうだめ……っ」

ぐちゅぐちゅと音を立てて舐められ、痛いほど感じてしまう。それなのに、彼はなかなかやめてくれない。

身を捩《よじ》って逃れようとすると、大きな手に腰を掴まれ引き戻された。太腿《ふともも》をするりと撫でた手が、そのままショーツのクロッチ部分に触れる。

そこはもう、自分でも戸惑うほど濡れそぼっていた。

「よかった、濡れてるね」

「……っ」

「恥ずかしくないよ。素直に感じてくれてうれしい」

芝崎の指が、布越しにゆっくり花弁をなぞる。やっと胸の先を解放してくれた唇が、色っぽい笑みを浮かべた。

「だって、芝崎さんがっ……や、そんなところ……っ」

「駄目、ちゃんと触らせて」

ただでさえ布地の少ない下着は、ぐっしょりと濡れた今はもう下着としての役割を果たしていなかった。

細いクロッチ部分を食い込ませるように指で辿《たど》られ、美緒はいやいやと首を振って悶える。

「すごく濡れてる。ほら」

「あっ、んんん……っ、あ、あっ」

たっぷりの蜜をたたえた花弁が、芝崎の指に触れられてくちゅくちゅと音を立てた。

下着をずらして彼の指が一本入ってくる。

でも、美緒の蜜洞はさほど抵抗なくそれを受け入れた。若干の異物感はあるものの、たっぷりと濡らしてもらえたおかげで、痛みはない。

「ん……ッ」

「痛い？」

「大丈夫、ですっ……」

「もう少し慣らすから、力抜いてて」

涙目で見上げると、彼は小さく喉を鳴らした。

指先だけでゆっくりと中を探りながら、芝崎は美緒の髪を撫でる。

彼の囁きは劣情を隠し切れていないのに、触れる手はどこまでもやさしかった。経験のない美緒を怖がらせないようにしながら、じわじわと官能を引き出してくれているのが分かる。

「あっ、や、そこっ……」

「ここ？」

「んんっ、あ、あっ……は、んん……っ」

芝崎は、こちらの反応がいいところに、丹念に愛撫を重ねてくれた。

愛されているわけではないが、嫌々手をかけてやっているという雰囲気でもない。配慮と思いやりを感じる手つきに安心して、美緒の身体も素直に快感を得た。

頬に口づけられるたび、狭い隘路《あいろ》がきゅうっと蠢《うごめ》いて彼の指を締めつける。

芝崎が熱っぽい眼差しでこちらを見ながら、ふっと笑った。

「キスするの好きみたいだな。もっとする？」

小さく頷けば、また唇が重なる。

でも今度のキスは遠慮がなかった。分厚い舌が絡められ、頬の内側もくまなく舐められ、舌先を吸われる。

美緒もおずおずと舌を絡めると、後頭部がしっかり押さえられ、いっそうキスが深くなった。

ぐちゅぐちゅと貪るように口づけられて、腹の奥が蕩ける。指がもう一本増やされても、今はほとんど違物感がなかった。

「これ脱がすのもったいないね。下着ぐしょぐしょにして感じてるの、めちゃくちゃそそる」

もう少ししっかりと下着をずらし、彼はゆっくり蜜窟を探った。それを続けながら、他の指で敏感な尖りにも触れる。

指先でやさしく掠めるように撫でただけだが、美緒の身体は充分に鋭い快感を拾った。

「あっ、そこ……や、何か変……っ」

「大丈夫、やさしく触るよ」

「や、あ、あああっ！」

芝崎の指が、とめどなく溢《あふ》れる蜜を掬《すく》っては敏感な花芽にそっと塗りつける。

その快感に腰を揺らしているうちに、内襞を探る指がゆっくり抜き差しされた。

身体の深い部分に指が入ってくるなんて、想像するだけで痛いと思っていた。それなのに、むしろおかしくなりそうなほど気持ちいい。

ぐちゅぐちゅと出入りする指は、美緒の反応がいいところばかりを的確に擦る。

こんなに気持ちよくされてしまうなんて、聞いていない。美緒は首を振って悶えるが、夫はやめてくれなかった。

「芝崎さ……っ、おねがい、本当に変っ……！」

「うん、そっか」

「ああっ、や、だめっ、ん、んっ！」

花芽が弄《いじ》られ、腹の奥に甘い熱が溜まっていく。

美緒は必死で彼の広い背中にすがった。何か、大きな波が押し寄せてきているような気がする。自分が自分でなくなりそうで怖い。

「あっ、芝崎さん……っ、や、あっ、あ……っ！」

「イけそう？　中、ぎゅうぎゅうしてる」

「分からなっ、あ、んんんっ！」

彼に愛撫されてぷっくりと膨らんだ淫芽が摘まれ、くちゅくちゅといじめられた。追い詰めようとする遠慮のない指遣いに、また一段押し上げられる。そろそろ限界で、美緒の目からは涙がこぼれた。

「イって、美緒」

「あ、や……っ、あああぁっ……！」

吐息まじりの声に導かれ、全身が震えた。

花芽を指先でやわらかく押し潰され、我慢できなくなる。張り詰めた快感が弾けて、目の前が真っ白になった。

自慰さえ経験のなかった身体に、初めての絶頂は刺激が強すぎた。シーツに沈んで呆然としていると、触れるだけのキスが落ちてくる。

「疲れたよな。このまま寝ようか」

「でも……」

「いいから。今日は君に触れただけで満足だ。一緒に寝よう」

この行為が、ここで終わりではないことは分かっている。でも、今までに感じたことのない疲労感でとても起き上がれない。

美緒の体力はもう限界で、言われるままに目を閉じた。

やさしく身体を拭かれ髪を撫でられ、甘やかされているうちにトロトロと眠りに落ちていく。

こうして誰かとくっついて眠るのは、大人になってからは初めてのことだ。夫になった人のぬくもりを感じていると、自分でも不思議なほど安らいだ気持ちになる。

その夜美緒は、夢も見ずにぐっすり眠った。

◇

翌日は曇り空で風が涼しく、九月にしては過ごしやすい日だった。

美緒は芝崎とともに祖母の見舞いを済ませたあと、北千住《きたせんじゅ》に向かっていた。行き先は祖母の家。美緒にとっては大学卒業まで暮らした実家だ。

「特におもしろいものはないと思いますけど」

「いいよ、美緒の育った家が見てみたい」

「ちょうど掃除に行こうと思ってたので、私は構いませんが……」

せっかくの休日なのに実家の掃除に付き合わせていいのかと思いながら、美緒はかつて暮らしたなつかしい街並みを眺める。

このあたりは古くから日光街道《にっこうかいどう》の宿場町として栄えた場所だ。駅前には大きな商業施設があり、電車もいろいろな路線が通っていて利便性のいい街だが、美緒の中では下町の雑多な雰囲気の印象が強い。

祖母の家があるのは、みっしりと古い家が建ち並ぶ昔ながらの住宅街だ。

車は停《と》められないので、芝崎の車は駅近くのパーキングに置いてきた。二人で手を繋ぎ、趣ある商店街をブラブラと歩く。

「そういえば、晴海の実家も近くなんだっけ」

「うちから歩いて十分くらいです。晴海くんの家はすごい豪邸ですけどね。ご両親が祖母と親しくて、うちにもよく遊びにきていました」

子どものころは毎日のように晴海と遊んでいたし、祖母にも気に入られていた彼は「俺、ばあちゃんの彼氏だから」と言って、社会人になってからもしょっちゅう遊びにきてくれた。女の二人暮らし、それも一人は高齢者である家を、何かと気にしてくれていたのだろう。

みんなで鍋をしたり花火を見にいったり、ここには楽しい思い出がたくさんある。

でも今は、祖母はすっかり痩せて病院のベッドの上だ。

しんみりしていると、芝崎がぎゅっと手を握ってくれた。何も言わず、励ますようにぬくもりをくれる彼に、心まであたたかくなる。

――おばあちゃんが無事に退院して、私たちの子どもも産まれて……いつかは家族で実家に遊びにいくこともあるのかな。

美緒はそっと自分の下腹部に手を当てる。

どのくらい身体を重ねれば、子どもができるのか。授かりものだ、確実にできるとは限らない。でも絶対に、祖母の願いを叶えたかった。

しばらく歩くと、車一台がギリギリ通れる程度の細い路地に出る。

そこにあるのが祖母の家だ。築数十年の小さな家。でも祖母とつつましくも楽しく暮らした、なつかしい実家だった。

「ごめんなさい、本当に古い家で」

「いいよ。お邪魔します」

超高級物件に住む芝崎の目に、この家がどんなふうに映るのかは分からない。

でも彼は気にする様子もなく、二人立てばぎゅうぎゅうになってしまう狭い玄関から、茶の間に上がった。

「ここが美緒の育った家かー……」

芝崎は感慨深そうに言いながら、年季の入った茶の間を眺めている。

家中の窓を開けて歩いたが、思ったより埃《ほこり》っぽさはなかった。近くに住む叔母が時々様子を見にきているのかもしれない。水回りにはごく最近使った痕跡《こんせき》がある。

家具や家電は、美緒が住んでいたころとほとんど変わっていない。

毎朝神棚に手を合わせてからめくる日めくりカレンダーも、あちこちに置かれているチラシを折って作ったゴミ箱も、几帳面《きちょうめん》な祖母を思い出させるものだ。ここに来ると、いつも子どものころに戻ったような気分になる。

ただ、冷蔵庫を開けたときだけ違和感があった。きちんと整理された冷蔵庫の中には、大量の缶ビールがあったのだ。

祖母はほとんど酒を飲まない。「健康で長生きしないといけないからね」と口癖のように言い、食生活に気を使っていた祖母は、付き合い以外では飲まなかったはずだ。

美緒の知らないあいだに、晩酌をする習慣ができたのだろうか。この家で一人ポツンと酒を飲んでいる祖母を思い浮かべると、そのさびしげな様子に胸が痛む。

「廊下の天井、クモの巣がすごい。払っていいか？」

「すみません、全然行き届かなくて」

「大丈夫、任せて」

軽く片付ける程度のつもりだったのに、芝崎は念入りに掃除機をかけてくれている。美緒もシーツやラグを洗濯し、丁寧に拭き掃除をした。

「美緒の部屋もある？」

「あります。だいぶ整理しましたけど、祖母はまだそのままにしてくれていますね」

学習机やベッド、めったに着ない衣類や捨てられない本などは実家に置いたままだ。熱心に勧められて一人暮らしをするようになったが、部屋を空っぽにするのは、自分も祖母もさびしくなりそうで結局できなかった。

「もしかしてアルバムとかもある？」

「……見せたくありません」

「えー、見たいのに。絶対かわいいだろ、赤ちゃんの美緒」

「ああ、そんなに小さいころの写真はないですね。母親が子どもの写真を撮ったりするような人ではなかったので。最初から愛情はなかったんだと思います」

美緒は苦笑しながら布巾を洗う。

祖母と暮らすようになってからの写真は残っているが、それ以前の写真はなかった。子どもに食事を与えることさえ時々忘れるような母親だったのだ、成長を写真に残そうなどと思うはずがない。

家を飛び出してそのまま出産した母は、祖母とは絶縁状態だった。

もし出産直後から祖母と交流があれば、乳児期の写真も少しは残っていたかもしれない。そう思うと残念だ。

小学生のとき、自分が赤ちゃんだったころの様子を家族から聞いて、写真とともにまとめるという授業があった。その日、写真を一枚も用意できなかったのは美緒だけだ。愛されなかったのは自分だけだと思い知らされたような気がして、思わずみんなの前で泣いてしまった。

今はもう気にしていないが、あのとき感じたさびしさやいたたまれなさは、ずいぶん長く引きずった。

わが子には絶対に同じ思いをさせたくない。自分の子どもは何万枚も写真を撮るし、めちゃくちゃかわいがろうと決めている。

「……芝崎さん？」

ポツポツと語っていると、急に後ろから抱きしめられて驚いた。

あまり深く考えずに口にしてしまったが、彼のように大切に育てられた人にとっては重い話だったかもしれない。美緒は慌てて、抱きしめてくれる彼の腕に触れる。

「あの、今は全然気にしてないんです」

「……俺たちの子どもは、たくさん写真を撮ろうな」

「そうですね、アルバム作らなきゃ」

「帰りにカメラ買うか、すっごくいいやつ」

「えっ、さすがに気が早いです」

母親なんだから愛情はあったはず、娘を捨てたのにも事情があったはず。そういう綺麗ごとを言わずに、未来の話だけをしてくれた芝崎にホッとした。

腹を痛めて産んだとしても、誰もが愛情深くわが子を育てられるとは限らないのだ。母性なんて当たり前のように備わっているものではなく、残念ながら子どもを育てる適性というものは確実に存在する。美緒はそれを、身をもって知っていた。

できることなら、自分には愛情深く子どもを育てる能力があればいいなと思う。

そして、夫が――こういうときにただ抱きしめてぬくもりを分けてくれるやさしい人が、ともに子どもを慈《いつく》しんでくれたらうれしいと思う。

しっかり換気をして拭き掃除をし、綺麗になったところで一息ついた。

縁側に座ってお茶を飲みながら、美緒は呆れた声を出す。

「ちょっとこの家に馴染みすぎじゃないですか？」

「落ち着くんだよ、お祖母様の家」

お茶を飲もうと声をかけたら、夫はいそいそと縁側に座布団を用意し、狭い台所で緑茶を淹《い》れてきた。

彼は今、ふたつ折りにした座布団を枕にし、縁側で寝そべっている。美緒は内心「住人か」とツッコミを入れた。初めて来た妻の実家で、こんなにくつろぐ夫がいるだろうか。

気持ちよさそうにごろりとしている芝崎を横目で眺め、お茶を飲む。

スーパーで売っているごく普通の茶葉だが、手順どおりに適温で淹れたお茶は、とろりと甘みがあってとてもおいしい。

「お茶淹れるの上手ですね、芝崎さん」

「そう？　誰が淹れても一緒じゃないか？」

「いえ、私は下手なので。芝崎さんは急須なんて触ったことがないと思ったのに」

彼が急須で手際よく緑茶を淹れたので、美緒は驚いた。料理が趣味だと聞いてはいたが、彼のような良家の子息が、そんなふうにお茶を淹れられるとは思わなかったのだ。

「偏見だな。お茶くらい淹れられる」

「社長令息なのに」

「それ本当に偏見。母親からいろいろ叩《たた》き込《こ》まれたんだよ。母は結構口うるさかったな、俺と兄貴が仲悪かったしね。二人揃ってよく怒られた」

母親に怒られている芝崎。何だか想像がつかない。

彼にも子どものころがあったのだと、当たり前のことを思って微笑《ほほえ》ましい気分になった。

いつか彼の実家にも遊びにいく機会があるかもしれない。そのときには夫のアルバムを見せてもらおうと思い立った。芝崎の両親なら、きっとたくさんの思い出を写真に残しているだろう。

「お祖母様、早く退院できるといいな。この家、誰も住んでないのはさびしいだろう」

「そうですね、何もなければそのうち退院できると思うんですが」

「いい家だよね。美緒やお祖母様の暮らしぶりがよく分かる」

縁側からはごく狭い庭が見える。ほんの数歩で隣家のブロック塀にぶつかる程度の小さな庭だが、プランターに花を植えたり野菜を育てたり、祖母と楽しく過ごした思い出がたくさん残っている場所だ。

祖母が隣家に水やりを頼んでいるので、庭木も青々として元気だった。

あと二ヶ月もすれば、このあたりの木々も少しずつ色付くはずだ。元気になった祖母と、今年も紅葉を見られるだろうか。美緒はしんみりしながら庭を眺める。

「芝崎さんに一緒に来てもらってよかったです。今日一人で来ていたら、結構さびしくなっていたかも」

祖母のいない家はしんと静まり返っていて、家主の不在をありありと思い知らされる。でも芝崎がいてくれるおかげで、美緒の気持ちは穏やかだ。

「お祖母様と暮らし続けることは考えなかった？」

「私は一緒に暮らすつもりだったんですが、アミュレットが軌道に乗ってから、毎晩のように終電で帰るようになったので心配だったようです」

「たしかにこのあたり、夜道はちょっと心配かもしれないな」

「それで、大学卒業後は会社の近くで一人暮らしを。あとから聞いた話では、祖母はいつ自分がいなくなってもいいように、早めに準備させようという気持ちもあったみたいですが」

高齢の祖母は、自分が亡くなったあとのことをいろいろ考えていたのだろう。古い一戸建てにポツンと一人残される孫娘のことを思うと、早々に一人立ちさせておくべきだと思ったようだ。

美緒にはまだ、そんな覚悟はできていない。

もし祖母が亡くなったら。そのことを考えるたび、目眩《めまい》がする。

祖母がいなくなったあとのことも、誰も住む人がいなくなるこの家のことも、まだ考えたくはなかった。

「美緒、おいで」

黙り込んだ美緒に向かって、芝崎が腕を広げる。

素直にその腕の中に収まり、横になった。風通しのいい縁側は涼しく、夫とぴったり寄り添ってウトウトとまどろむ。

「くっつくと暑いな」

「暑いですね」

「でもかわいい妻と離れたくないからいいか」

「暑いし離れたいですが……動くのめんどくさいので、このままでいいです」

「うわ、塩対応」

夫が楽しそうに笑う。その笑い声も、かすかに伝わってくる彼の鼓動も心地いい。

——芝崎さんといるのは、どうしてこんなに居心地がいいんだろう。

まだ結婚したばかりだが、彼と一緒にいると包み込まれているような安心感がある。

眠そうな芝崎の声もずいぶんリラックスしていて、互いに安らいだ気持ちでこうしていることがうれしかった。

「少し昼寝して、何か食べて帰るか」

「近くにおいしいラーメン屋さんがありますよ」

「いいね、最高」

こんなふうに穏やかな時間を過ごせる相手と結婚できて、本当に幸せだ。美緒はしみじみと思いながら、体温の高い夫の身体をそっと抱きしめた。

第三章

婚姻届を提出してから数日、芝崎のマンションでの暮らしは順調だった。

食事もいつも適当に済ませていたのに、料理上手な夫に思った以上に助けられている。

今朝も芝崎が朝食の用意をしてくれているはずだ。寝過ごしてしまった美緒は、手ぐしで髪を整えながら慌ててキッチンへ向かう。

「芝崎さん、すみません……！　今日こそ早起きするつもりだったのに」

「何もしなくていいって言っただろ。女性は支度に時間がかかるし、朝はゆっくりしてて」

一緒に暮らし始めてから、美緒はずいぶん楽をさせてもらっている。一応コーヒーくらい淹れられるのに、夫はそれすらさせようとはしない。

掃除や洗濯はほぼ家電と業者に任せっきりだし、料理は負担にならないと芝崎は言うが、それにしても共働きなのだからもう少し分担すべきではないだろうか。

申し訳ない気持ちになっていると、夫が美緒の額に口づけた。

彼は色っぽく目を細め、意味ありげに妻を見つめる。

「そもそも、美緒が起きられないのは俺のせいだしね」

「……っ」

「昨日も寝るの遅かっただろ。朝ごはん食べられそうかな」

ダイニングテーブルには、しらすと青菜のおにぎりや、野菜たっぷりの味噌汁《みそしる》が用意されていた。ふっくらとした甘い卵焼きも、出汁《だし》のきいた小松菜のおひたしも美緒の好物だ。ガラスの小鉢にはみずみずしいスイカが盛られている。

芝崎は朝からしっかり食べたいタイプのようで、毎朝いろいろ作ってくれる。今までパンとコーヒー程度で済ませていたのに、結婚してからの朝食はいつも豪華だ。

「おいしそう……ありがとうございます」

「ゆっくり食べていって。俺は先に出るから、また夜に」

すでに朝食と身支度を済ませていた芝崎が、ジャケットを羽織る。

毎朝のことながら、夫のスーツ姿は眼福だ。厚みのある身体にぴたりと合ったダークスーツが、ますます彼の男ぶりを上げている。

ぼんやりとその姿を眺めていると、笑みを浮かべた芝崎に抱きしめられた。緩く腰を抱き、こちらをのぞき込んでくる。

「まだ寝ぼけてる？」

「いえ。すみません、ぼーっとしていて」

「こっちこそ悪かった。昨日はすぐに寝かせるつもりだったのに」

その言葉に、美緒の頬が熱くなる。

昨夜仕事の会食を終えて自宅に戻ると、芝崎に抱きしめられた。「遅かったね」という彼の言葉にもちろん責めるような響きはなかったが、予定よりずいぶん遅い帰宅になったので心配させてしまったらしい。

帰ってくるなり抱きしめられ、美緒もほろ酔いのまま、彼の背中に腕を回した。こうして夫に触れると、今日も自分の居場所に帰ってきたと安心するのだ。

めずらしく自分から抱きついてきた妻に、芝崎が息を詰める。

でも気持ちよく酔っていた美緒は、夫の動揺に気付かなかった。

「遅くなってごめんなさい、思ったより話が盛り上がっちゃって。でも同じ方向の部下とタクシーで帰ってきたので」

「……ふーん、誰と？」

アミュレットのベテランスタッフの名前は、今まで何人か話題にしている。マンションまで送ってくれた男性社員もその一人だ。

彼も美緒が結婚したことは知っているし、コンシェルジュの目が届くところまで送ってくれただけで、心配される要素などない。

でももう一度「ふーん」と言った夫の声は、明らかに不機嫌だった。

「君の仕事にも人付き合いにも余計な口出しをするつもりはないけど……こんなに綺麗な妻が外で飲んでくると心配だな。いや、飲んでこなくても心配だけど」

そう言いながら、彼は寝室に美緒を連れていき、指や舌で散々啼《な》かせた。

まだ最後までは抱かれていないが、芝崎の愛撫は日に日に執拗になっている。昨夜も泣いて許しを乞うまで甘く嬲られ続け、気を失うようにして眠りについたのだ。

あんなにも乱れていた自分を思い出せば、夫と目を合わせるのも恥ずかしい。ますます頬を染めると、美緒の腰を抱いたままの芝崎が小さくため息をついた。

「そんな顔して……もしかして誘ってる？」

「ち、違います……！」

「美緒は寝起きも綺麗だし、そのうえそんな色っぽい顔を見せつけてくるし。仕事に行くのが嫌になるな」

朝から妻を甘やかす唇が、額やこめかみにやわらかなキスを落とす。

早朝会議だと言っていたのに、こんなことをしていていいのだろうか。仕事熱心な彼が大事な会議をキャンセルすることはありえないと分かっていても、美緒は慌ててしまう。

それに数時間前までとめどなく快感を与えられていた身体は、こうして彼に腰を抱かれているだけで、妙に熱を持った。

美緒はそんな自分に戸惑いながら、夫の厚い胸を押し返す。

「早く行かなくちゃ。行ってらっしゃい」

「はいはい、じゃあ行ってきます」

そっと唇を重ね、動揺した妻を見て楽しそうな笑みを浮かべたまま、芝崎が出勤していく。美緒はその場にしゃがみこんだ。

──利害が一致しただけの結婚なのに、こういうのは必要なの……？

婚姻届を出した夜、彼は「子どものためにも、ちゃんと仲のいい夫婦になっておきたい」と言っていたし、美緒もそのことに異論はなかった。

子どもの前では仲睦まじい夫婦でありたい。大切なわが子は、あたたかな家庭でのびのびと成長してほしい。

だから今後も、夫とは気心の知れた友人として、よりよい関係を築いていきたかった。友情結婚のよきパートナーとして、友情と信頼を深めようと。芝崎の言葉もそういう意図だと思っていたのだ。

それなのに、かわいい綺麗だとしょっちゅうキスを落とされている。

そもそも子づくり以外の場面で、キスは必要だろうか。単なる友情結婚のはずが、本当の新婚夫婦のように毎朝毎晩過ごして、あまりの甘さに窒息しそうなのだが。

──これは子づくりのための割り切った結婚。それは分かっているんだけど……。

芝崎が求めているのは、あくまでも跡継ぎ。

そのために、たまたま条件の合った美緒と結婚しただけだ。こういう触れ合いも、子どものために仲のいい夫婦になろうとしているだけ。

だからこんなふうに意識するほうがおかしいのだろう。

美緒もただ、子どもの父親がほしいだけだ。恋愛感情などいらないのはこちらも同じで、居心地のいいこの暮らしに、余計な感情は持ち込みたくない。

「……やだ、急がなきゃ」

時計を見上げた美緒は、慌ててバスルームに向かう。ついうっかり夫にときめきそうになった気持ちは、シャワーを浴びながら急いで打ち消した。

その日の夕方、やわらかな日差しが差し込むミーティングルームで、美緒は数名の社員たちと打ち合わせを行っていた。

目の前にはいくつかのレース生地が並べられている。それを見つめながら、美緒は思わず感嘆のため息を漏らした。

「やっぱりいいね。艶感《つやかん》も上品だし、図案も素敵」

「どうですかね、価格を考えるとちょっと厳しいんですけど……」

生地を提案した女性社員が、緊張した表情でこちらの反応を見守っている。

想定以上の高価な生地だ、採用されるかは五分五分だと思っているのだろう。でも美緒は迷いなく頷いた。

「これを見せられたら他は使えないよ。コスト面は何とかこっちで頑張るから、絶対にいい商品にして。期待してるね」

「はい、ありがとうございます……！」

即決した美緒に、ミーティングルームにいたデザイナーたちが安堵《あんど》の表情を見せる。

海外のオートクチュール・メゾンからもオーダーがあるという繊細なレース生地は、国内の有名レースメーカーが作る逸品だ。二万本以上の極細糸を使用して編み上げるレース生地は、重厚感がありながらも優美だった。

こだわりの強いデザイナー部としては、今回絶対にこの生地を使いたかったのだろう。

原価を価格に反映させなければならないことを考えれば多少頭が痛いが、腕のいいデザイナーたちがとびきり美しい商品に仕上げてくれるのは間違いない。それをいかに売るかは、社長である美緒にとって腕の見せどころだ。

「社長、新宿店からディスプレイの確認が来ました」

販売部の社員にタブレットを差し出され、秋仕様に変更された店内の画像を確認する。季節に合わせてこまめに変更するディスプレイは、毎度のことながらセンスがいい。こちらも優秀な店舗スタッフのおかげだ。

一言「最高、ありがとう」と返せば、数分後には公式SNSに新宿店の画像がアップされた。

社長の判断も現場の行動も迅速なのは、小さな会社である利点だろう。この場にいるデザイナーたちも、早速新商品について活発な議論をしている。

美緒は社員たちのスピード感に満足しながら立ち上がった。このあとは社外で打ち合わせの予定が入っている。

ありがたいことに、アミュレットの売り上げは毎年右肩上がりだ。

美緒も社長とはいえ雑用から営業まで何でもこなすので、日々多忙だった。

「先に抜けるわ。このあと外出先から直帰するから、何かあれば連絡してね」

「はい、いってらっしゃい」

手元の資料をまとめ、美緒は足早にミーティングルームを出る。

ドアを閉めたところでスマホの通知が入ったので確認していると、室内の話し声がかすかに聞こえた。

「かっこいいよねー、社長。この超高級レース即決するの、いつもながらすごいわ」

「美人だし仕事できるしね。社長の旦那さんも、めちゃくちゃイケメンなんでしょ?」

「あっ、十年付き合った年下の彼氏?」

「違う違う、モデルとスピード婚だって聞いたよ。社長の旦那さん見てみたーい!」

本人に聞こえているとも知らず、デザイナーたちはキャッキャと盛り上がっている。美緒は苦笑しながら社長室へ向かった。

若く華やかな社員が揃うデザイナー部のおしゃべりは、いつもにぎやかだ。

仕事に差し支えない程度の私語はコミュニケーションの一環として大いに推奨しているものの、事実無根な噂話《うわさばなし》が多いのは勘弁してほしい。年下の彼氏やモデルという話は、一体どこから出てきたのか。

日々颯爽《さっそう》と働く女性社長の姿は、若い社員たちの目にはそれなりに眩《まぶ》しいものに映るらしい。社長のようになりたいと仕事を頑張ってくれることはうれしいが、プライベートまで充実していると思われているのはなぜなのか。何度否定しても、「社長には素敵な恋人がいるはず」「セレブな相手と結婚秒読みですよね」などと言われてきたのだ。イメージとはおそろしい。

「結婚相手が芝崎さんだって知ったら、きっと大騒ぎになるよね……」

プライベートのことなので、結婚したという報告だけで簡単に済ませた。女性社員たちからはどんな男性かと追及され続けたが、相手は明かしていない。

芝崎はさまざまなメディアに顔出ししているので、社員たちの中には彼のことを知っている者もいるかもしれない。それでなくてもあの美形なのだ。彼と結婚したと言えば、オフィス内はさぞ盛り上がるだろう。

夫のことを思い出すと、気持ちがふっと和んだ。

一人暮らしは気楽だったが、やはりさびしさもあったのだ。家に帰ると家族がいるのは幸せなことだと、ここ数日で実感している。

今日は早く帰ろうと思いながら、美緒は手早く外出の準備をした。

「あ、社長。お戻りでしたか」

ノックの音がして、女性社員が顔を出す。美緒のアシスタントである松永皐月《まつながさつき》だ。

会社の立ち上げ直後、アミュレットのファンだと言ってくれた彼女を他社から引き抜いた。今では秘書業務から細々とした雑用まで一手に任せられる、頼れる右腕だ。

「支度できてるよ。もう出られるけど、何かあった？」

振り向くと、いつもクールな皐月が渋い顔をしている。

美緒とは気の置けない関係である彼女は、うんざりした表情を隠さなかった。嫌な予感がすると思ったとおり、皐月は頭の痛いことを口にする。

「社長のご親戚がいらっしゃいました。受付で丁重にお引き取り願いましたが」

「……従兄《いとこ》が？」

思わず美緒も顔をしかめる。

仕事中に会社まで押しかけてくるような非常識な人物は、一人しか心当たりがない。叔母の息子である亮《りょう》だ。

彼はついこのあいだもここに来たばかりだった。

美緒にとってはただ一人の従兄だが、晴海に言わせると「相当のろくでなし」だ。叔母に甘やかされて育った一人息子で、三十歳を過ぎても定職に就かずブラブラしている。正直に言えばあまり関わりたくない相手だった。

親戚とはいえ、何かと嫌味を言ってくる叔母のこともだらしない亮のことも苦手で、学生時代から少しずつ距離を置くようになった。亮が数年東京を離れていたこともあって、今ではすっかり疎遠になったはずだった。

それなのに最近、亮はこちらで仕事を探すと言って、東京に戻ってきた。その後美緒の会社に現れた彼は、悪びれた様子もなく言ったのだ。

「あのさ、お前の会社で働いてやってもいいんだけど。もう三十過ぎたし、そろそろ正社員で働こうかと思って」

「……は？」

頼んでもいないのに働いてやってもいいなどと言い出した従兄に、美緒は唖然《あぜん》とした。

亮はアルバイトを始めては一週間も続かずに辞めているらしい。

息子がかわいくて仕方ない叔母は、「そんなに大変なら働かなくてもいいわ」と言い、ふんだんに小遣いを渡している。だから熱心に働く意欲も必要もないのだろう。

「結構です。今は求人を出していないし、当分出すつもりもないから」

美緒は差し出された履歴書を彼に突き返す。

その履歴書も、日付や内容をちらりと見た限り、他社から返却されたものを使い回しているのは明らかだった。

「冷たいこと言うなよ、親戚じゃん。大した仕事じゃなくていいからさ。なんかほら、役員みたいな？　週に何日か来るだけでもいいし」

「そんなポジションがあるわけないでしょ。叔母さんたちの会社で働けばいいのに。せっかく実家が会社をやってるんだし、そっちで働いたら？」

「嫌だよ、親父《おやじ》が口うるさいし。週五日働けって言われるし」

「……当たり前でしょ、そのくらい」

いかにもやる気がない言葉に、美緒はげんなりした。

彼はこれまでまともに働いたことがない。今さらそれなりの待遇で正社員になりたいと思っても、なかなか難しいだろう。

もちろん美緒の会社でも彼の採用などお断りだ。アミュレットは少数精鋭でやっている小さな会社で、働く気のない人間まで面倒を見ている余裕はない。

「とにかく、うちで働くのは無理だから」

「何だよ、ケチ。まあいいや、また来るわ」

「無駄だからもう来ないで」

未練がましくいろいろ言っていたが、美緒はきっぱりと断り、彼を追い返した。

それなのに、亮はまだあきらめていなかったらしい。あんなに遊び回っていたのに、なぜ急に働く気になったのか。美緒は首を傾げる。

「まさかまた来るなんて」

「しつこいですよねー、このあいだも社長からあんなに駄目出しされてたのに」

「図々しいの、あの人。皐月に迷惑かけてごめんね」

「いいんですよ。私こそ、社長のお身内にボロクソ言ってすみません」

気の強い皐月はかなり辛辣に追い返してくれたのだろう。

自分のアシスタントとはいえ、社員にそんなことまでさせてしまい、美緒は本当に申し訳ない気持ちになる。

——このオフィスはすごく気に入ってる。でも、こういうことがあると困るよね……。

アミュレットの本社があるのは、四ツ谷駅からほど近いエリアの小さなオフィスビルだ。古い建物とはいえ好立地で、本来なら駆け出しの会社が入居できるような物件ではない。

それでもここを借りることができたのは、祖母の所有するビルだからだ。

不動産業で成功した祖父は都内に多数の物件を所有していた。亡くなる前にかなり整理したものの、それでも一等地にあるオフィスビルをいくつか祖母に遺《のこ》したのだ。そのひとつを、美緒が破格の賃料で使わせてもらっている。

起業したころの最初の目標は、自分でオフィスを借りられるだけの利益を上げることだった。

だから通販事業が軌道に乗り、祖母の物件とはいえオフィスビルに入居できるようになったときには、本当にうれしかった。

外観は古いが中はリフォームされていて綺麗だし、立地もいい。最高の物件と縁があったと、祖父母には感謝していた。

でも亮はそのことも気に入らないらしく、お前ばかり優遇されているとか、儲《もう》かっているなら親戚にも少しは還元しろとか言ってくる。

このあいだも、ここはいずれ自分が相続するからと言い張り、あたかも自分がビルオーナーであるかのような大きい顔をしていたのだ。正直、何もかもが本当に鬱陶しい。

「働きたいなら、求人を出してる会社はいくらでもあるのに」

「社長の従兄、そんなにうちで働きたいんですかね」

「身内の会社でなら楽に働けると思ってるんじゃないかな」

彼の魂胆はよく分かっている。亮の母親である叔母は息子を溺愛しているが、父親は子どもを甘やかしすぎたと反省していて、そろそろ心を鬼にして亮を実家から追い出す方針なのだ。そのことを、美緒も祖母から聞いていた。

実家を出るとなれば、さすがに仕事をしないと食べていけない。

亮はしぶしぶ就職活動を始めたものの、うまくいかず苦戦しているらしいと、祖母も困り顔で言っていた。

なかなか仕事が決まらず焦っている亮は、従妹が経営する会社のことを、ふと思い出したのかもしれない。業績好調で、それなりに羽振りよく見える従妹。身内の会社なら自分のいいようにできると思い、アミュレットで働いてやってもいいなどと言い出したのだろう。

都合よく利用できると思われているのが不快で、彼からの連絡は無視し続けている。

でもあきらめるつもりがないなら、亮はまたここに来るかもしれない。そのたびに社員に迷惑がかかるのは、本当に心苦しかった。

「警備員さんがいれば追い返してもらえるのにね。うちはほとんどが女性社員だし、もっとセキュリティがしっかりしているオフィスのほうがいいのかな……」

「そうですね、何かあったときに警備員がいるのは心強いですけど。思い切って自社ビル建てます？　警備員とカフェつきで」

「社食もつけるわ。よし、自社ビル目指してバリバリ働かないとね」

自社ビル建設はいつか必ずと思っている目標だ。そのためにももっと稼いで、会社を大きくしなければ。

美緒は皐月とがっちり握手をし、足早にオフィスを出た。

仕事を終えてマンションに帰ると、すき焼きのいい香りに迎えられた。

芝崎は先に帰宅していたらしい。また夕食の準備を手伝えなかったと申し訳なく思いながらも、一人暮らしのときには家で食べることのなかった鍋物がうれしく、そわそわする。

美緒は手洗いを済ませ、キッチンに向かった。

「ただいま帰りました。ごはんの支度、ありがとうございます」

「おかえり。もうできてるよ、着替えておいで」

夫の手元を見にいくと、そのまま逞しい腕に捕まった。着替えてこいと言いつつも、すぐに寝室へ行かせるつもりはないらしい。

そのまま抱き上げられて、リビングのソファへと向かう。

隣に座った彼にのぞき込まれた。「疲れてる？」と首を傾げる夫は、なかなか鋭い。

「亮さんが……従兄が会社に来たみたいで。部下のおかげで会わずに済んだんですが、それでもちょっと疲れてしまいました」

「用件は？」

「分かりません。たぶん、うちで働きたいという話かと」

芝崎にも一人だけ従兄がいることは伝えてあった。あまりいい関係ではないということも、定職に就かずフラフラしているだらしない暮らしぶりも。

会わせたことはないが、夫から見た亮の印象は、すでに最悪らしい。

従兄の名前を耳にした夫は、不機嫌そうに顔をしかめる。

「採用しないよな？」

「もちろん」

「従兄とはいえ、そういう男が美緒の周りにいるのは落ち着かないんだけど」

「すみません、芝崎さんにはご迷惑をおかけしないように気をつけます」

それなりの立場である彼は、妻の親戚に素行の悪い者がいては困るだろう。美緒は申し訳ない気持ちになるが、芝崎はそうじゃないと首を振った。

「君につきまとう男が気に入らないっていうことだよ」

「つきまとわれているわけでは……んっ……」

「かわいい妻を持つと、心配で仕方ないな」

頬が撫でられ、彼の指が唇に触れる。

こちらを見つめる眼差しに感じる、かすかな熱。

初心者の美緒にも、これは夫婦の触れ合いが始まる兆《きざ》しだと分かるようになってきた。とはいえ、まだ帰宅したばかりで、シャワーどころか着替えもしていない。美緒は居心地の悪い気分で身動ぎする。

「そんな顔しないで。いきなり押し倒したりしないよ」

「……すみません、不慣れで」

「キスしてもいい？」

頷いてぎゅっと目を閉じた美緒を、芝崎は抱き上げて自分の膝に乗せる。美緒の身体を撫《な》で回《まわ》す夫は上機嫌だ。

「今朝顔を合わせたときから、ずっとこうしたかった。かわいい妻をもっとじっくりかわいがりたい」

「じ、じっくり……」

「せっかくの金曜だしね。幸せだな、妻がいる週末」

彼はクスクス笑いながら、唇を重ねてくる。

またこちらの反応を見て面白がっているのだろうか。

余裕たっぷりの夫に悔しい気持ちになっていると、違和感に気付いたらしい芝崎が、スカートの上から美緒の太腿に触れた。

「なんか、いつもと違う？」

「えーと……ガーターベルト、です」

何となく気恥ずかしくなって、美緒はそっと目を伏せる。

スーツの下は、太腿までのストッキングとガーターベルトを愛用している。敷居が高いと思われがちなガーターベルトだが、慣れれば便利だ。

特にウエストまでのストッキングが苦手な女性にとっては、とても快適なものだと思う。

腰まで綺麗にストッキングを穿《は》くのは結構難しいし、暑い時期は蒸れも気になる。でも太腿までのストッキングならそういう不快感がなく、化粧室で用を足すときも楽なのだ。

アミュレットの社員の中にも、ガーターベルトの愛用者は少なくない。

ただ、下着メーカーにいるから見慣れているだけで、それほど一般的なものではないことはよく分かっている。

夫も戸惑った表情のまま、スカート越しに美緒の太腿を撫でていた。

「見たい」

「見せるものではないので。言っておきますが実用的な理由でつけているだけですから」

「でも見たい」

ガーターベルトを身につけた姿を男性に見せるなんて、考えたこともない。何の攻防だろうと思いつつ、真剣な表情で見つめ合う。

でも結局、熱っぽい眼差しで見つめられ続けて根負けした。

美緒は芝崎と向かい合ったまま緩く腰を抱かれ、ソファの上で膝立ちする。……一体何をさせられているのか、これは。

「あの、どうしたらいいですか……？」

「自分で見せて」

「……自分で」

夫の目の奥は、すでにトロリとした熱をたたえている。

大きな手がねだるように美緒の腰を撫でた。ゆっくり撫で回す淫らな手つきに、それだけで下着を濡らしてしまいそうで、美緒はそっと唇を噛《か》む。

「下着、好きですよね」

「妻のもの限定でね。君も下着好きだよね」

「私の下着好きは趣味と仕事を兼ねてます」

「俺は仕事じゃないけど、かわいい奥さんのガーターベルトなんて、男は絶対気になるに決まってるだろ」

毎晩のように触れるのだから、妻の身体に関心はあるのだろう。

でも芝崎は、これまでひたすら美緒に快感を与えるだけで、最後まで抱こうとはしなかった。

慣れない身体を労りながら慎重に進めてくれているのは分かっているが、夫婦になったのに自分ばかり気持ちよくされている状況に申し訳なさがあった。最後まで進まないのは、何度触れられても慣れず、ガチガチに緊張している自分のせいかもしれない。

――たぶん、私ももう少し積極的にならなくちゃいけないんだよね。

美緒は思い切って、そろそろとタイトスカートの裾を持ち上げる。

顔を逸らしていても焦げつくほどに感じる、夫の視線。少しずつ露《あら》わになっていくなめらかな太腿が、撫で回されているように熱を持つ。

スカートの上から見れば普通のストッキングだが、太腿の部分には黒いレースがついている。それがずり落ちないように留《と》めているガーターベルトも、黒のレースがたっぷりとあしらわれた華やかなデザインのものだ。

ウエストまであるストッキングが苦手な美緒にとって、実用的な理由で選んでいるもの。でも男性から見ると、なかなか扇情的なアイテムなのだろう。夫は食い入るように観察している。いたたまれなくなり、美緒はそっと身動ぎした。

「……もういいですか」

「駄目」

「駄目って……え、芝崎さん？」

小さく喉を鳴らした彼が、そのままソファに美緒を押し倒す。

「控えめでかわいいのに、下着はこんなに大胆だなんて……反則だろ、これは」

「あっ……やだ……っ」

足を広げたままソファに仰向《あおむ》けにされ、スカートの裾が腰までずり上がった。

明かりをつけたままのリビングで、この体勢では全部見えてしまう。美緒は慌てて身を捩るが、組み敷いてくる夫の身体はびくともしない。

「ちょっと、芝崎さん……！」

「嫌？」

「……いや、ではないですけど」

二人はすでに夫婦になっていて、そもそもこの結婚の目的は子づくりだ。触れられるのを拒むつもりはない。

でもせめてシャワーをと思ったのに、芝崎の熱を帯びた視線に射貫かれて、何も言えなくなった。普段涼しげな男が欲情を露わにする様に、美緒もひそかにドキドキしてしまう。

「少しだけ触れさせて。まだ全部奪ったりしないから」

「ん……」

ソファの上でのしかかられ、キスが落ちてくる。

最初から舌が入ってきて、ぐちゅぐちゅと口内を掻《か》き交ぜられる。息苦しいのに、後頭部をしっかり押さえつけられて逃げられない。

散々唇を貪られ、その余韻でぼんやりしているうちにジャケットが脱がされた。下に着ていたインナーもスカートも、あっさり取り払われる。

下着とストッキングだけになった妻の姿を見下ろし、芝崎が目を細めた。

「実用的って言うけど……すごくいやらしい眺めだな、これ」

「ぁ、ん……っ」

美緒の頬を撫でた大きな手が、そのまま身体のラインを辿っていく。首筋、鎖骨、ブラに包まれた豊かな膨らみ。薄い腹を通って、総レースのショーツのラインまで。

ショーツのウエスト部分をなぞって、彼は意外そうな声を出した。

「あれ、下着のほうがガーターベルトの上なんだ」

「そうですね、ガーターベルトをつけてからその上にショーツを穿きます。それだと化粧室で脱ぐとき楽なので……ああ……っ！」

一瞬商品の説明をするような気分になっていたのに、悲鳴のような嬌声《きょうせい》を上げてしまう。彼の指が、ふっくらと顔を出し始めた花芽を掠めたのだ。

ショーツの布越しに、ゆるゆると敏感な芽がつつかれる。

たいした刺激ではないものの、あっというまに下着姿にされて緊張していた身体は、ゆっくりと快感を拾い始めた。

「んっ……芝崎さん、それっ……」

「ここ気持ちいい？　もう濡れてる」

「あ、っ……だって……っ」

布の上から秘裂をなぞられるたび、かすかな水音が上がる。

毎晩愛撫されている身体は今夜も彼の指を喜んで、素直に快楽を享受した。クロッチ部分をずらして直接触れてきた指先が、蜜襞のあいだをくちゅくちゅと行き来する。

「ああっ、は、ん……ッ」

「汚れるかな、脱ごうか」

彼が身を起こし、ショーツが脱がされた。そのまま足を広げられ、美緒はまた慌てる。

「やだ……見ないでっ」

「大丈夫。もう夫婦だろ、全部見せて」

そんなところ、自分でもどうなっているのか未知の場所だ。見られるのも触られるのも恥ずかしいのに、彼は劣情をにじませた眼差しでそこをじっと見つめてくる。

内腿《うちもも》に何度もキスを落とされ、動揺した。芝崎の吐息が熱い。

まさかと思っているうちに、彼の舌先が花弁に触れた。

「んんっ、やだぁ……ッ、芝崎さん、だめっ……！」

少しだけざらりとしたやわらかい舌が、ゆっくりと秘裂を舐め上げる。

思いがけない愛撫に心底動揺しながらも、信じられないほど気持ちよかった。ぐちゅぐちゅと舌が行き来し、音を立てて吸いつかれる。

「あ、あっ！　ん、っ、ああ……ッ！」

「痛かったら言って、美緒」

「ん、いたくないっ……気持ちい……！」

ゆっくりと彼の指先が入ってきた。内襞が奥からぐずぐずに蕩け、もっともっととねだるようにうねって、芝崎の指を締めつける。

蜜口がひくつき、また新たな蜜がこぼれた。

ソファを汚してしまうのではと心配になったが、そんなことを考える余裕があったのは最初だけだ。彼の舌先で花芽が押し潰され、強い快感に悶える。

「んんっ……それ、もう……っ」

「狭いな……美緒、しっかり足開いて」

「は、あっ……無理っ、あ、あっ！」

膝裏を押さえられ、大きく足を広げられた。

見慣れているはずのガーターストッキングなのに、こうして男性の大きな手で撫で回されると、なぜかひどく淫らに思える。

芝崎も興奮しているのだろうか。熱を孕《はら》んだ視線を向けられ、身体の奥からまたトロリと蜜が溢れた。

「は……っ、あぁっ……」

「トロトロになってる。たくさん触っても大丈夫そうだな」

「んん……っ」

根元まで入ってきた指が中を探る。

腹側の浅いところをやさしく擦っていた指先は、やがてざらりとした部分を見つけると、そこだけをじっくり責め続けた。

内襞を擦る指先と、硬く膨らんだ花芽をくすぐる舌先。

感じやすい部分への愛撫に、小さな快感がゆっくり降り積もっていく。

「あっ、芝崎さん……やだ、何か……っ」

「ん……中でも感じるかな。もう少し触ってみようか」

「だめ、だめっ……や、本当にっ……！」

最初はただ触られているなというだけで、内側の感覚はぼんやりしていた。

でも長い指を曲げたり伸ばしたりしながら掻き交ぜられていると、かすかに痺《しび》れのようなものが湧き上がる。くちくちと擦られているところが熱い。

「それ、もうやめて……あ、あっ」

明らかに今までとは違う種類の快感が近付いてきていた。

無垢《むく》だったはずの身体が、夫に少しずつ暴かれていく。知らなかった何かを教え込まれているようで、少し怖い。

後戻りできなくなりそうな、甘美な誘惑。

急激に鋭くなっていく感覚に、美緒は思わず背中を浮かせる。

「ん、なにか、へん……っ」

「大丈夫、気持ちよくなっていいよ」

「ああっ、は、んッ……芝崎さん、もう……！」

もうやめてほしいのに、美緒の足のあいだに顔を埋めた芝崎は手加減してくれない。

舌先で包皮を剝《む》かれた花芽に、ねっとりと舌が這《は》わされる。つるりとした赤い実に彼の吐息が触れるだけで、意識が飛びそうになるほど気持ちいい。

蜜洞で蠢く指が、こちらも忘れるなと言わんばかりにぐちょぐちょと音を立てた。蜜を掻《か》き出すように行き来する指は、内襞のいいところばかりを掠めていく。

内側と外側の両方から巧みな愛撫を与えられ、美緒は切れ切れに喘ぐのがやっとだ。

「イけそう？　気持ちよさそうだね」

「んんっ……ぁっ……は、ぁ……っ！」

すがるように芝崎の髪に手を伸ばすと、彼の左手が重ねられて恋人繋ぎになる。

握られた手はとても熱かった。美緒をあやすようにやさしく指を絡めながら、でも反対の手ではすっかり敏感になった内襞を容赦なく責め立ててくる。

じわじわと高みに追い詰められて、美緒は無意識に腰を揺らした。

身体の奥に溜まった熱は大きく膨らんで、もう今にも弾けそうになっている。

「もう無理っ、あ、あぁ……っ、んっ、ん……！」

「ん……そろそろイこうか。ほら」

「ひ、ぁ……っ、あああぁっ！」

もう限界、と思ったのと、ちゅうっと強く花芽が吸い上げられたのは同時だった。ひときわ大きな波に攫《さら》われ、がくがくと足が震える。

蜜洞が何度も収縮している。こんなに深い絶頂は初めてだった。

美緒が苦しいほど荒くなった呼吸を繰り返していると、申し訳なさそうな夫の眼差しにのぞき込まれる。

「大丈夫か？　ごめん、少し触るだけのつもりだったのに」

「ん……」

しっとりと汗ばんだ肌に、芝崎の口づけが落ちる。白い太腿にも薄い腹にも、やわらかな唇が触れた。

ブラジャーとガーターストッキングだけを身につけた自分の姿が、ひどく淫らなものに思えた。早くシャワーを浴びて服を着たいが、身体に力が入らない。

「汗かいたな。ごはんの前に、一緒に風呂入ろうか」

「え、いやです……」

小さな呟きはそのまま黙殺された。ソファに沈み込んで動けないままの美緒を、芝崎が軽々と抱き上げる。

何が楽しいのか、夫は美緒の世話を焼くのが好きらしい。

美緒も抱き上げられれば彼の首に腕を回すのが、条件反射のようになっている。このとき芝崎がくれるキスが、甘やかされているようで少しうれしい。

「すき焼き、楽しみにしてたのに」

「風呂に入ってから食べよう。うどんも買っておいたよ」

「やった。うどん大好きです」

すき焼きは絶対に食べたい。夫に触れられると疲れ切ってすぐに眠ってしまうが、今日は寝るわけにはいかない。

羞恥は捨てて体力温存を選ぶことにし、おとなしくバスルームに運ばれる。

でも初めて一緒に入る風呂は、ずいぶん夫を楽しませてしまったらしい。結局その後も散々啼かされ、すき焼きにありついたときには、美緒はもうフラフラだった。

第四章

芝崎の会社の事業は多岐にわたる。もともとはインバウンド需要の拡大を見込み、上質な日本料理店をやりたいと立ち上げた会社だが、ここ数年は割烹旅館《かっぽうりょかん》の経営にも力を入れていた。

歴史ある温泉旅館でも、経営難に陥るケースは少なくない。

後継者がいないことや施設の老朽化、人手不足などのさまざまな問題が積み重なり、じわじわと事業継続が困難になっていく。

芝崎は旅館の再生を専門としたコンサルティング会社と組み、自力での再建を断念した温泉宿にアプローチしている。豊かな自然があり、温泉の泉質も湧出量も文句なしで、最高の料理を出そうという気概と腕前を持っている宿。そういう見込みある旅館を自社の傘下に置き、順調に黒字化してきた。

今日も芝崎は、自社のオフィスでコンサルタントからの説明を受けていた。

担当の村上《むらかみ》は大学時代の後輩だ。朗らかで頭も切れるこの男は、芝崎にとって仕事のしやすい相手だった。

「こちらは群馬《ぐんま》にある一軒宿の再生プロジェクトです。昨年オーナーが交代するまで、毎年一億円近い赤字を垂れ流していました」

「……よく営業を続けてたな」

「さっさと手放せば楽になったんでしょうけどね。地域の雇用を守りたいという気持ちが強く、なかなか決断できなかったそうです」

村上が差し出したタブレットを眺め、芝崎は頷いた。

たしかに客室稼働率に対し、従業員の数が多すぎる。パート従業員がほとんどで年齢層も高めだ。仕事の少ない山間部で、地域経済のために担ってきた役割を考えれば、バッサリと効率化できなかった前オーナーの苦悩も分からなくはなかった。

芝崎はしばらく黙って膨大な資料をじっくり眺める。

設備や立地もそれほど悪くない。やり方次第では充分な集客が望めるだろう。

そして何より芝崎の目を引いたのが、料理の繊細さだった。

「料理はいいな。仕入れはずいぶんいい加減だが」

「ベテラン従業員の勘と経験則に頼った仕入れなので、無駄が多いですね。集客も苦戦していて、ここ数年は値下げに次ぐ値下げで何とか稼動率を維持している状態でした」

「まあそこは直営になれば解決する問題か……」

「気に入りました？　お好きですもんね、秘湯っぽい雰囲気」

村上がうれしそうに身を乗り出してくる。彼はもう手をつける気満々のようだ。

たしかに悪い案件ではない。もう一度資料を眺めながら、芝崎は頷く。

おそらくこのまま進めることになるだろうと考え、その場でいくつか懸案事項を指摘した。分析資料が上がってきたら、社内で本格的に検討を進めることになる。ありがたいことに、また忙しくなりそうだった。

「持ち帰りまして、来週には資料をご用意します」

「ありがとう、頼む」

「あと、プライベートな話をしてもいいですか?」

「駄目。早く帰れ」

プライベートな話。内容は何となく予想できた。

最近、大学時代の友人たちからの連絡が妙に多い。晴海が「とうとう篤志が結婚した!」と、大喜びで触れ回っているせいだ。

鬱陶しそうにしっしと手で追い払ったが、村上は全然へこたれなかった。目をキラキラさせ、再び身を乗り出してくる。

「奥さんの写真とかないんですか? すっごい美人だって噂なんですけど」

「ない。あっても見せるわけないだろ」

「えー、見たかったなあ、美緒さん」

「名前で呼ぶな」

わりと本気で苛立った声を出してしまい、驚いた顔の村上と目が合った。

「……あー、悪い」

一瞬申し訳ない気持ちになったが、村上は気まずそうに口元を押さえた芝崎を見て、ますます目を輝かせた。

「嫉妬する芝崎さん……激レアですね……！」

「……嫉妬？」

「俺の妻を名前で呼ぶなってことでしょ。奥さんのことむちゃくちゃ好きなんですね！」

彼はいいものを見たとニコニコしながら帰っていく。芝崎は応接スペースから立ち上がれないまま、ぼんやりとその背中を見送った。

「……嫉妬」

広々とした社長室に、芝崎の呆然とした呟きだけが小さく響いていた。


その後、一時間ほど事務仕事をこなしてから、芝崎はオフィスを出た。

晴海の店に行こうと思い立ち、タクシーを拾う。

いつもなら美緒に夕食を作るため、いそいそと帰宅するところだ。でも今日、彼女は外で食事を済ませてくると言っていた。

妻がいないなら早く帰るのも味気ない。以前は一人暮らしをしていたマンションなのに、今は美緒の姿がないだけでずいぶん広く感じるのだ。

そんなことを考えるようになった自分に苦笑しながら、芝崎は晴海の店へと向かう。

「あれー、久しぶり。結婚が決まってから全然来なくなったよね」

晴海は口調だけは拗《す》ねたように言いながら、でもニコニコと芝崎を迎えた。

いつもながら、いい時間なのに客は一人もいない。おまけに晴海は、ゆっくり話したいからと言って、さっさと店をクローズにしてしまう。

いくら何でも商売っ気がなさすぎる。芝崎は思わず笑った。

「経営は大丈夫なのか?」

「いいのいいの、本業がめちゃくちゃ儲かってるし」

晴海にとって、このバーの経営は完全に趣味だ。

美緒は知らないようだが、彼は夜の店を他にもいろいろやっている。健全なガールズバーから、ものすごくいかがわしいマニアックな店まで。

晴海は美緒の前ではやさしい兄貴分という顔をしているが、実はその界隈《かいわい》ではかなり顔がきく男なのだ。彼女に本性を見せないのは、「かわいい妹に怖いお兄さんの顔は見られたくないから」ということらしい。

「ごめん、煙草《たばこ》吸っていい？」

「いいけど、禁煙成功したって言ってなかったか？」

「それ気のせいだった」

晴海が煙草に火をつける。これも普段、美緒の前では絶対に吸わない。

おいしそうに煙を吐きながら、晴海は笑顔を見せた。

「新婚生活はどう？」

「うまくいってるんじゃないかな。楽しいよ」

「よかった。合うと思ったんだよね、篤志と美緒」

晴海の言葉に、さっきの村上との会話を思い出した。

嫉妬。奥さんのことむちゃくちゃ好き。

いきなりそんなことを言われてドキッとしたが、でもたしかに心当たりはあった。芝崎は自分の変化に戸惑いながら、グラスを傾ける。

「最初は本当に、利害が一致しただけだと思ってたんだよな……お互い子どもがほしかったたし、彼女のことは妹みたいに思ってたし」

「……うん？」

「でも今は、何だか目が離せない」

今にして思えば、晴海の幼なじみとして紹介されたときから、彼女の印象は悪くなかった。

華やかな容姿だが、中身は真面目できちんとしている。

普段は社長としてバリバリ働いているのに、ちょっとしたことで恥ずかしそうに頬を染めるところも、意外とズボラで隙があるところもかわいらしい。

そういうギャップも好ましく、ずっと妹のように思っていたのだ。

いろいろあった元婚約者に比べ、美緒は裏表がなく聡明《そうめい》だ。人として好感を持っていたから、利害が一致しただけの結婚にも躊躇いがなかった。彼女となら、友情で結ばれる結婚も悪くないのではと。

でも今日、村上が彼女の名前を呼んだ瞬間、自分でも驚くほど胸がざわざわした。

そういえば、美緒の口から男の名前が出てくるたび、何となく苛立っている自覚はあったのだ。痴漢に狙われやすかったなどと聞かされてから、彼女のことが心配で仕方ない。自分以外の男は残らず警戒してほしいし、視界にも入れてほしくない。無防備な姿も時折見せるさびしそうな顔も、他の男には絶対見せてほしくなかった。

なるほどこれが嫉妬というものかと、ため息をつく。

互いに都合のいい結婚だと、それでいいのだと思っていた。でも今は、間違いなく妻に独占欲を抱いている。自分は案外、なかなか嫉妬深い性格だったらしい。

モヤモヤと考えている芝崎を、晴海は呆れたような表情で見つめる。

「何言ってんの、今さら。本当に恋愛関係ポンコツだよね」

「……ポンコツ」

「美緒のこと、最初からめちゃくちゃ特別扱いだったと思うけど。他の女の子にはもっと塩対応じゃん」

「そうか？　特に意識していたつもりはないんだが」

恋愛関係ポンコツ。不本意ながらそう言われ、芝崎はこれまでの自分を思い返してみる。

晴海の言うとおり、何年も恋愛感情から遠ざかっていて、恋愛的な感度が下がっている自覚はあった。

学生時代は男ばかりとつるんでいたし、自分で事業を始めてからは仕事一筋で、女性にはあまり関心がなかった。今まで何人かは恋人もいたが、それほど夢中になれないまま終わったというのが正直なところだ。

婚約を解消してからは女性不信気味で、なおさら女性に対してそっけなかったと思う。

でも美緒と一緒に飲むのはいつも楽しかったし、結婚して二人で暮らすようになってからは、ますます居心地がよく安らぐ関係になっていた。

きっかけさえあれば、いつ好意を持つようになってもおかしくない相手だったのかもしれない。

飲み友達だったころは女性として意識したことはなかったが、夫婦として一緒に過ごすうちに、うすうす気付いてはいたのだ——美緒は自分の好みど真ん中だと。だから愛のない結婚だと分かっていても、つい妻を愛でたくなるし、触れたくなるのだろう。

今さらながら美緒への好意を自覚し、動揺する。

無言で目元を覆った芝崎を見て、晴海が楽しそうに笑った。

「認めるでしょ、結構好みのタイプだって」

「そうだな……もしかしたら最初から惹かれてたのかもしれない」

「わー、恋を自覚した瞬間。貴重なもの見ちゃった」

「……うるさい、見るな」

「感謝してよね。美緒と結婚することになったの、俺のおかげだから」

そう言われてみれば、友情結婚などという話が出たのはこの店だった。

美緒はすぐにでも結婚して子どもがほしいと言い、相手を探していた。誰でもよかったわけではないだろうが、少なくとも芝崎でなければいけない理由はなかったはずだ。

今となっては、美緒との結婚を勧めてくれた晴海の発言がありがたかった。

もしタイミングが合わなければ、彼女は他の男と結婚し、その相手と子づくりしていたかもしれないのだ。切なげに潤んだ眼差しが他の男に向けられることを想像しただけで、目の前が真っ暗になる。

「で、なんで篤志は浮かない顔してるの？」

「うーん……自分で思っていたより、美緒に好意を持っているんだなと思って」

「妻のことが好きって、何の問題もないじゃん。少なくとも俺は、美緒が旦那に愛されてるなら安心だけど」

「……彼女は子どもがほしくて結婚しただけだろう」

子どもを産むための、恋愛感情抜きの、互いに割り切った結婚。

最初はたしかにそれでよかったのだ。二人とも子どもがほしいと思っていたし、完全に利害は一致していた。

でも今は、それだけでは物足りなくなっている。

そもそも男は愛がなくても女性を抱けるというが、芝崎には無理だ。肌を合わせれば情が湧くし、大切にしてやりたくなる。ましてや相手はもともと好ましいと思っていた女性なのだ。一緒に暮らし何度も身体に触れ、惹かれずにいるほうが難しい。

できるだけ負担をかけたくないと、何日もかけてゆっくり妻の身体を慣らしてきた。

それもそろそろ限界だった。

案外大胆な下着をまとっていることも、何度触れても恥じらう初々しさも、快楽に素直で感じやすい身体も、妻の何もかもが芝崎の理性を狂わせる。物ほしげな顔をされるたび、早く妻を思いきり貫いてめちゃくちゃに抱き潰したいと、強い衝動が湧き上がるのだ。美緒に求められていると思うと、とても幸せな気分になる。

――でも別に、愛されてるわけじゃない。美緒にとっては、子どもがほしいだけの結婚だ。俺が求められているのは、子づくりすることと、いい父親になることだけ。

妻の気持ちを想像すると、ずっしりと気が重くなる。

もちろん美緒は悪くない。それがもともとの約束なのだから。夜ごと夫に触れさせるのも、彼女にとっては子どもを得るための作業でしかないはずだ。

妻にもっと求められたい。夫として愛されたい。

そんなことを口にすれば、きっと彼女を困らせるのだろう。

「なんだー、友情結婚なんて言いつつ、篤志は美緒のことめちゃくちゃ好きなんだね！　安心したなー」

思い悩んでいる芝崎を見て、晴海はニコニコしている。幼なじみである美緒の結婚生活がその後どうなっているのか、晴海も気がかりだったようだ。

「どうするの、今後」

「今後？」

「好きだって言う？　それとも現状維持？」

「きちんと話すよ。彼女にそういうつもりはないかもしれないけど、俺はちゃんとした夫婦になりたい」

自分の気持ちがはっきりした以上、友情結婚などという中途半端な形では心許《こころもと》ない。

美緒の反応は怖いが、できることなら愛し愛される夫婦になりたい。一日も早く気持ちを伝え、男として意識してほしかった。

「でも今はちょっとゴタゴタしているから、それが片付いてからだな」

「篤志の会社が？　めずらしいね」

「いや。実は、元婚約者が帰国してる」

「……は？　あの超迷惑な女、帰ってきたの？」

晴海が心底嫌そうに顔をしかめる。

芝崎がかつて婚約解消した経緯は、晴海もよく知っていた。当時は晴海にしょっちゅう愚痴って迷惑をかけたものだ。

揉めに揉めて婚約を解消したあと、彼女は他の男と結婚して海外へ行った。以来帰国することはなく、芝崎としてもすっきりとした気持ちだったのだ。それなのに。

「事情が変わったらしい。彼女、離婚することになりそうなんだ」

「わー……また揉めそう。面倒なことにならないといいけど」

「本当にな」

晴海の言葉に、芝崎も気が重くなる。

面倒なことにならないでほしい。でもすでに面倒なことになりそうな気配がある。絶対に自分を巻き込まないでほしいとげんなりしながら、芝崎は静かにグラスを傾けた。

◇

芝崎の両親から食事に誘われたのは、入籍から半月ほど経った九月半ばのことだ。義両親との食事のために芝崎が予約してくれたのは、神楽坂《かぐらざか》の料亭だった。夫の会社が経営するその店には、美緒も一度行ってみたいと思っていた。妻がそう言っていたのを、芝崎は覚えていたらしい。

夫が手がけた店は、都内一等地の日本料理店や本格江戸前寿司が楽しめる寿司店など、高級感のある名店揃《ぞろ》いだ。こだわりの料理にも行き届いたサービスにも定評があり、その中でも神楽坂の一号店は素晴らしい料理を出すことで知られている。

美緒にとっては少し敷居が高い店、しかも今日は芝崎の両親との初対面だ。金曜の仕事帰り、神楽坂に向かった美緒は、とても緊張していた。

芝崎とともに、ゆったりとした個室で義両親を待つ。

義両親は仕事で遅れると聞かされ、内心少しホッとしていた。

「せっかく時間どおり来てもらったのにごめんな。もうすぐ着くと思う」

「いえいえ、お会いする前に心の準備もしたかったのでちょうどいいです。何か粗相《そそう》があったら本当にすみません」

「うちの親のほうが何かやらかすかも。恥ずかしくなるほど息子の結婚に浮かれてるから……特に母親は、まだ会ってもいないのに君のことが好きすぎる」

「……お願いですからプレッシャーをかけないでください」

美緒はそわそわしながら、出されたお茶を飲む。

「そういえば、本当に食事の前に着替えなくてよかったですか？」

会社から直接来たので、仕事用のパンツスーツ姿のままだ。

友人との食事や仕事の接待であればもちろん気にしないが、今日は結婚相手の両親との初対面。普通はもっと好感度を意識した服装で顔を合わせるものではないだろうか。

「うちの両親も仕事のあとでそのまま来るし、もう家族なんだから気楽にして」

「そうですね、何だか緊張してしまって……」

「美緒のスーツ姿いいよね、キリッとしてて君によく似合う。綺麗だよ」

「……あ、ありがとうございます」

甘い眼差しで見つめられ、美緒は頬を染めて小さくなった。

綺麗だかわいいと毎日言ってくれる夫は、今日も褒め上手だ。俯《うつむ》いたつむじにやさしいキスが落ちてくるのもいつもどおり。

でもここ数日、彼の雰囲気が少し変わったように思えるのは、気のせいだろうか。今までは不慣れな美緒の反応を楽しんでいたはずなのに、愛《いと》おしげに見つめられることが増えたような気がするのだ。

——いや、私の勘違いかな……いずれ子どもを産むことになる妻だから、大事にしてくれるんだよね。芝崎さんは跡継ぎがほしくて結婚したんだから。

相手は美緒でなくてもよかったはずだ。もしあの日、晴海の店で芝崎の隣に座ったのが他の女性だったらどうなっていただろう。その女性と利害が一致していたら、この場にいるのは自分ではなかったはず。

そう思うと、なぜだかとてもモヤモヤする。

そしてここのところ、いまだきちんと子づくりできていない焦りも感じていたのだ。

入籍から二週間、夫は毎晩美緒に触れるが、最後まではしない。もう大丈夫だから先に進んでほしいと言いたかったが、自分からそんなことを口にしていいのかと迷っているうちに、彼の愛撫に翻弄されて我を忘れるほど乱されてしまう。

それもきっと、手慣れた美女が結婚相手だったら、最初からもっと情熱的に身体を重ねていたのだろう。

跡継ぎ目当ての結婚だったのに、いつまでも初心者の手ほどきをさせている。そのことが、美緒にとってはいたたまれない。

「あの、芝崎さん」

「名前」

「そうでした……篤志さん」

彼を名前で呼ぶのは気恥ずかしく、美緒は入籍後もずっと名字で呼び続けていた。

でもさすがに夫の両親に会うのに、いつまでも名字で呼んでいるのは不自然だ。彼にそう言われ、名前で呼ぶことになったのだ。

何度も練習したが、そのたびに照れくさい気持ちになる。

彼の顔を直視できない美緒を、夫が楽しそうに見つめているのもたまらなく恥ずかしい。

「いいね、美緒に名前で呼ばれるの」

蚊の鳴くような声で名前を呼んだ美緒に、夫が笑みを深める。思わずという感じで抱きしめられて、頬が熱くなった。

美緒は身内と晴海以外の男性を名前で呼んだことはない。

こんなふうに名前で呼べることも、名前で呼ぶたびにうれしそうに笑ってくれることも、何だかくすぐったい気持ちだった。もし普通に恋をしてお付き合いしていたらこんな感じだっただろうかと、ふと思う。

――でも私たちが恋をすることはないんだよね。そんな気持ちを持ってしまって、今の関係が壊れるのは嫌だし……。

一緒に暮らすのは居心地がよく、愛し合う夫婦のように毎晩スキンシップを重ねている。

もし彼に好意を持ってしまったら、二人の関係はどうなるのだろう。家族としての情が深まるだけで済めばいいが、このまま彼に惹かれてしまったら……「割り切った結婚」が、割り切れなくなったら。

それはもしかしたら、少し気まずいかもしれない。これは友情と信頼で結ばれた結婚で、恋愛感情はいらないと、結婚前にはっきり言われているのだから。

そのことをさびしいと思うのは、心のどこかでは彼に惹かれ始めているからだろうか。そう思うと、美緒はどうしていいか分からなくなる。

「今日はずっと名前で呼んで。できれば両親の前では、仲のいい夫婦として振る舞ってもらえると助かる」

「そうですよね、気をつけます」

今は余計なことを考えている場合ではなかった。美緒は気持ちを切り替える。

芝崎は美緒の祖母を安心させるため、いい夫として振る舞ってくれているのだ。できれば彼の両親にも、いい結婚をしたと思ってもらいたい。利害が一致しただけの結婚だということは、間違っても悟られるわけにはいかなかった。

ちょうどそこに、「お連れ様がいらっしゃいました」と声がかかり、襖《ふすま》が開く。

部屋に入ってきたのは、芝崎によく似た壮年の男性と、華やかな雰囲気の女性だった。

「お待たせして申し訳ない。初めまして、篤志の父です」

「母です。美緒さんね、お会いできてうれしいわ」

最初から親しげな笑みを浮かべた二人にホッとした。美緒も深々と頭を下げる。

「初めまして、星川美緒です。結婚後のご挨拶になってしまい、大変失礼いたしました」

「こちらこそ、早くお会いしたいと思いながら、なかなか時間が取れなくて申し訳なかった。聞いていたとおり、かわいらしいお嬢さんじゃないか、篤志」

「本当にね。結婚には全然興味がないって言うから心配してたのに、素敵な方を見つけてくれて安心したわ」

二人がニコニコと席につき、和やかな雰囲気で食事が始まる。

芝崎の両親からは歓迎されていると聞いていたが、思った以上に美緒を気に入ってくれているらしい。

何度も見合いを押しつけたのも、彼の意向を無視して結婚させようとしていたわけではなく、恋人の気配が一切ない息子を心配してのことだったようだ。

「だってね、彼女の一人も連れてこないし、仕事ばっかりでそのうち過労死するんじゃないかと思って。心配してたのよ、私たちは」

「余計なお世話です。まったく、面倒な見合いばかり持ってきて」

「断るのも面倒だったんですもの。あなたならどうせ角《かど》を立てずにうまく断れるでしょ。もう全部任せちゃおうと思って」

「こっちに押しつけないでください」

「あら、こんなに素敵なお相手がいるって分かってたら、無理に押しつけたりしなかったわよ。もっと早く言いなさい、こういう大事なことは」

親子の仲も円満のようで、芝崎と彼の母親は言いたいことをポンポン言い合っている。なかなかいい雰囲気の親子だ。

大企業の社長夫妻ということで緊張していたが、二人とも芝崎に似て気さくな人柄らしい。美緒にも終始笑顔で話しかけてくれて、楽しい時間が過ぎる。

芝崎は店長と話してくると言って途中で席を外したが、義両親と三人だけになっても、まったく気詰まりではなかった。

義母が美緒を見つめながらうれしそうに言う。

「うちは息子二人でしょ。ずっとかわいい娘がほしかったの。お嫁さんができたら一緒にお買い物したりお茶を飲んだりするの、夢だったのよ」

「私でよければ、ぜひご一緒させてください」

「うれしいわー。長男のお嫁さんとは、そういうこと全然できなかったもの」

「篤志さんのお兄様、海外にいらっしゃるんですよね」

さりげなく頷きながら、美緒は内心「おや」と思っていた。兄のことを口にした途端、義両親の表情が曇った気がしたのだ。

「長男にも会ってもらいたかったんだけどね。忙しいみたいでなかなか機会がなくて……ご挨拶もできなくてごめんなさいね」

「いいえ、いずれお会いする機会もあるでしょうから」

よく考えてみると、芝崎からも兄の話は詳しく聞いていない。何となく兄の話題は避けていると感じて、聞きそびれたのだ。

美緒も家庭が複雑だったのであまり立ち入らないようにと思ったのだが、芝崎は子どものころから兄と仲が悪かったと言っていたから、もしかしたら今も不仲なのかもしれない。

「ねえねえ、篤志がいないうちにこれ見ましょうよ」

場の空気を変えるように、義母が自分のバッグからデジタルフォトフレームを取り出す。電源を入れると、赤ちゃんの写真が表示された。ずいぶん美しい顔立ちの赤ちゃんだ。

「お義母様《かあさま》……もしかしてこちらは……」

「ふふ、篤志の写真でーす。美緒さんと見たいと思って、厳選して持ってきちゃった」

「すっ……ごい天使……っ」

美形はやはり赤ちゃんのときから美形なのだろうか。すやすやと眠る様子はまさに天使だ。

もともと子どもが好きだし、いつか夫のアルバムを見たいと思っていたのだ。美緒はデジタルフォトフレームの画像に釘付《くぎづ》けになった。

想像どおり、芝崎の実家には親の愛を感じさせる成長の記録がたっぷりと残されているらしい。何十枚も表示される写真を見ながら、義両親も「このころはかわいかったなあ」とニコニコしている。

「今は外面はよくても親には無愛想だし、実家にも寄りつかなくてね。でも素敵なお嫁さんを見つけてくれて、ホッとしたのよ」

しみじみ言う言葉に顔を上げる。

義父も義母も、美緒をやさしい眼差しで見つめていた。

「私も妻も、あいつのことを本当に心配していたんですよ。婚約を解消したときには、先方とだいぶ揉めたしね」

「そうね。すっかり女性不信で、もう結婚する気にはなれないんじゃないかって思っていたから……美緒さんには本当に感謝しているの」

「……そうでしたか」

美緒はとっさに平静を装って話を合わせる。

義両親は、当然美緒も詳しい事情を知っているものと思っているらしい。でもこのことは初耳だった。

いや、婚約者がいたとは聞いている。「子どもの父親に俺はどう?」と言われたあの日、親が決めた婚約者がいたことも、その婚約を解消したことも聞いた。でもあのときの芝崎は静かな笑みを浮かべているだけで、そんな揉めごとは匂わせなかったはずだ。

先方とだいぶ揉めた。女性不信。

穏やかな彼の表情に、そんな不穏な響きは感じなかったのに。

芝崎はあの日、信頼できる誠実な女性に跡継ぎを産んでもらいたいと言っていた。結婚相手に求める条件はそれだけだと。誠実さだけを求めていると言ったのは、もしかしたら過去の婚約と何か関係があるのだろうか。

内心動揺しているこちらの様子には気付かず、芝崎の両親は「息子のこと、くれぐれもよろしくお願いします」と美緒に頭を下げた。

「うちにも遊びにきてちょうだい。美緒さんのお仕事の話もいろいろお聞きしたいわ。お買い物にも行きましょうね」

「ええ、ぜひ」

二人の結婚に違和感を持たれることもなく、夫の両親との会食は無事に終わる。でも婚約解消の話は、美緒の心に小さな影を落とした。

芝崎と元婚約者とのあいだに、一体何があったのか。

自宅へと向かうタクシーの中でいつもどおり振る舞いながらも、美緒は何となくそのことが頭から離れなかった。

第五章

翌週は芝崎の親族が経営する会社の創立記念パーティーがあった。

夫婦でパーティーに出るのは初めてだ。彼が結婚したことを知った親族から、ぜひ奥様も一緒にと招待を受けたらしい。夫の親族に会うのは緊張するが、義両親も招待されていると聞いて、少し気が楽になった。

「このあいだ両親に会ってもらったばかりなのに、負担をかけて申し訳ないな」

「またご両親にお会いできてうれしいです。お義父《とう》様、篤志さんと似てますよね」

「うちの男性陣、みんな同じような顔してるからね。兄貴や従兄ともそっくりだし」

「こんな美形が、他にも何人もいるんですか……」

兄の話が聞けるかと思ったが、彼は小さな笑みを浮かべただけでその話を終わらせてしまう。

やはり何かあるのだろうと、美緒はモヤモヤした。

——考えてみたら、芝崎さんのこと何も知らないんだよね、私。お付き合いしていたわけでもないし、まだ結婚したばかりだし。

でも、さすがに結婚式では夫の兄と会うこともできるだろう。

結婚してまだ半月あまり、これから彼の家族とも仲良くなっていけたらいい。元婚約者のこともいずれ聞こうと思いながら、美緒は寝室で着替えをする。

この日のためにと夫から贈られたのは、華やかなミントグリーンのドレスだった。

レースの透け感が美しく、重ねられた繊細なチュールがフェミニンな印象を与える。ちょっとかわいすぎるだろうかと思ったけれど、いざ着てみると派手な顔立ちがやわらかい印象になり、体型も上品にカバーされて、あつらえたようにしっくりくるドレスだ。

着替えを済ませた美緒は、自分の姿を鏡に映して感心した。

自分で選ぶときもそれなりに悩んで決めているつもりだったけれど、芝崎が選んでくれたドレスは、着心地も顔映りもとてもよかったのだ。

「素敵なドレス、ありがとうございます」

「やっぱり似合うね。思ったとおりだ、最高に綺麗だよ」

美緒にネックレスやピアスをつけてくれたのは夫だ。彼は着飾った妻の姿に目を細め、つむじに小さくキスを落とす。

芝崎も今日は光沢のあるダークスーツで、髪もいつもよりかっちりと整えている。パーティー仕様の夫もたいそう美しい。

「露出の少ないドレスを選んだけど、それでも他の男には見せたくないな」

会場のホテルに向かう車を運転しながら、芝崎は悩ましげに言う。

まるで嫉妬しているかのような言葉だが、美緒もこういう軽口に少し慣れてきた。考えるまでもなく、芝崎が自分に嫉妬などするわけがない。利害が一致しただけの結婚なのだから、当たり前だ——そう思うたびにさびしくなるのは、やはり彼に惹かれ始めているからなのだろうか。

「美緒？　どうした？」

ぼんやりと考えていたが、信号待ちの交差点で声をかけられて我に返る。

余計なことを考えている場合ではなかった。これから大切なパーティーだ。

「すみません、ちょっとボーッとしていました」

「招待客は多いと思うけど、それほど面倒な相手はいないはずだ。いつもどおりにしてくれたら大丈夫だから」

彼の言葉に頷いた。そして招待客の中で重要だと聞かされた人物の情報を、もう一度頭の中で整理しておく。そうしているうちに、車が会場のホテルに着いた。

このホテルで一番大きなバンケットルームは、すでに多くの招待客でにぎわっていた。

一応美緒も経営者なのでこういう場には慣れているが、それでも人の多さに一瞬怯む。メディアで見かけるような著名人の姿もあるし、顔見知りの経営者も多い。

挨拶を交わしながら会場を歩くうち、義両親の姿を見つけて少しホッとした。義母も美緒に気付き、ニコニコと近付いてくる。

「美緒さん、来てくださってありがとう。素敵なドレスね」

「ありがとうございます。篤志さんに選んでいただきました」

「あなた女性のドレスにまで口出しするの？　本当に美緒さんに夢中なのね」

「かわいい妻を着飾るのは夫の特権でしょう」

さらりと言う芝崎に、義母は「あらあら」とうれしそうな笑みを浮かべる。まさか義母相手にのろけるとは思っておらず、夫の言葉に頬が熱くなった。

――何だか普通の新婚夫婦みたい。いや、普通よりかなり甘いような気がするんだけど……。

芝崎は他の招待客に対しても同じで、知り合いに会うたび美緒を愛妻として紹介していく。あらゆる縁談をことごとく退けてきた御曹司が突然結婚したことに、周囲はずいぶん驚いていたようだ。

それでも結婚の報告をするたび、あちこちで祝福された。若い女性たちからは嫉妬の眼差しを向けられるかと思ったが、むしろ難攻不落の芝崎を射止めたことへの賞賛が多い。おおむね好意的な反応に、美緒は心からホッとしていた。

「美緒は遠慮せず飲めばいいのに」

「いえ、今日は持ち帰りの仕事をしたいので」

「うちの妻は仕事熱心だな。昨夜も仕事の邪魔をして、ベッドに引きずり込んで悪かった」

「……っ、本当ですよ、もう」

数百人の招待客が行き交うパーティーは、ひどく喉が渇く。

夫と小声で話しながら、ウエイターから受け取ったグラスで喉を潤した。

このパーティーはノンアルコールカクテルの種類も豊富だった。みずみずしい桃の香りと微炭酸の組み合わせがすっきりしていて、とてもおいしい。

「やっぱり篤志さんは顔が広いですね」

「君の知り合いも多かっただろう。……もしかして、会いたくない人間がいた？」

「……実は、従兄が。絶対に気付かれないように避けてます」

美緒はげんなりしながら夫に囁く。

多くの招待客に紛れて最初は全然気付かなかったが、従兄の亮が会場にいたのだ。

もしかしたら叔父夫婦の名代で来ているのか、それとも親しくしている相手の招待なのか。仕事もしないでフラフラしている亮がこの手のパーティーに来ているとは思わず、その姿を見つけたときには動揺した。

さりげなく距離を取っていたつもりだったが、芝崎も気付いていていたらしい。周囲から守るようにそっと腰に手が添えられ、そのぬくもりに安心する。

「だいたい挨拶は済ませたし、最後までいる必要はないから。早めに抜けるか」

「そうですね……祝辞をお聞きしたら失礼しても大丈夫でしょうか」

近くで歓談している義両親も、ほどほどのところで帰ると言っていた。タイミングを見て、彼らとともに会場を出てもいいかもしれない。

そう思いながら義両親の様子を見ていると、「篤志くん」と背後から声をかけられた。

「ああ、稲城《いなぎ》社長。ご無沙汰しております」

振り向くと、そこには恰幅《かっぷく》のいい紳士が立っていた。美緒は知らない相手だ。

芝崎は知り合いのようで、如才ない笑顔を向けている。

でも美緒は内心首を傾げた。今までこの会場で何十回も交わしてきた挨拶と同じトーンではあるが、夫の声音に何となく違和感があったのだ。

相手はそのことに気付いていないようで、そのままにこやかに話しかけてくる。

「結婚されたそうだね、おめでとう」

「ありがとうございます。妻の美緒です」

芝崎が稲城社長に美緒を紹介する。

彼は義父と仕事上の繋がりがあり、懇意にしているのだという。

大企業の社長だが腰の低い人だ。……いや、何となく芝崎に気を使っているような、どこか気まずそうな態度に思えるのは、考えすぎだろうか。

「その節は本当に申し訳なかった。篤志くんには悪いことをしたと、ずっと気になっていたんだが……」

「どうぞお気になさらず。済んだことです」

何のことか分からなかったが、芝崎の声は穏やかだ。稲城社長もホッとしたように頷き、少しだけ世間話をして去っていく。

彼がいなくなると、芝崎がスマホを取り出した。仕事の電話が入っていたようだ。

「美緒、ごめん。ちょっと外す」

「はい。私もお化粧を直してきます」

「なるべく一人にならないで。俺もすぐに戻る」

美緒は会場を出ていく芝崎を見送っていたが、ふと視線を感じて振り返った。

少し離れた壁際にいる若い女性が、こちらをじっと見ている。年齢は美緒と同じくらいだろうか。清楚な雰囲気の、美しい人だ。

彼女は稲城社長の連れだったらしく、戻ってきた彼と言葉を交わしている。

美緒はその女性から目を逸らすことができなかった。なぜか彼女は、稲城社長と話しながらもずっとこちらを睨《にら》んでいるのだ。

——すっごく睨まれてる……私、もしかして何かやらかした？　私の知り合いではないと思うけど……。

あちこちの知人友人を思い返してみるが、どう考えても知らない顔だった。もしかしたら夫の知り合いだろうか。

困惑していると、義母がこちらに近付いてきた。

義母も向こうにいる女性たちに気付いたらしく、二人の様子を見ながら声をひそめる。

「あの方たちもいらっしゃってたのね。招待していないと聞いていたのに」

彼女は少し困ったように彼らと美緒とを見比べた。

その声音に、ふと義両親と食事したときのことを思い出した。

婚約破棄のときにはだいぶ揉めた。女性不信。そんな話が出ていたはずだ。

そして先ほどの稲城社長の言葉と、あの女性が向けてきた敵意。美緒は何となく状況を察した。

「あちらの女性は……」

「稲城社長のお嬢さんよ、礼華《れいか》さん。篤志が婚約していたお相手なんだけど……ごめんなさい、美緒さんにこんなお話をするのはよくないわね」

「いえ、教えてくださってありがとうございます。ちょっと気になっていたので」

やはり彼女が夫の元婚約者だ。

様子を見ているあいだに、礼華の姿は人混みに紛れた。こちらを睨んではいたが、表立って攻撃してくるつもりはないらしい。

何もなかったことにホッとして、美緒は義母と少し雑談してから化粧室に向かう。

会場を出てからも、ロビーではあちこちに楽しそうな歓談の輪ができていた。礼華と顔を合わせたら嫌だなと思いつつ、足早にロビーを横切る。

――婚約解消はずいぶん昔の話だと言っていたけど、彼女は私をものすごく睨んでた。

見知らぬ相手なのに、明らかに敵意を向けられたのだ。

芝崎の結婚を知った女性たちの反応は軒並み好意的なものだったから、美緒は厳しい視線を向けてきた礼華に戸惑っていた。

――もしかして篤志さんのことを恨んでる？　それとも……まだ篤志さんに未練がある？

そう思うとモヤモヤする。芝崎は稲城社長に済んだことだと言っていたが、礼華のあの様子を見れば、彼女にはいまだ何かしらの感情があるように思えてならない。

元婚約者という肩書きに、美緒の胸はざわついていた。

かつて婚約者がいたと聞かされたときには、さすが社長令息だと感心した程度で、まったく気にならなかったのだ。

でも今は、彼女の存在が気になって仕方ない。礼華は清楚で美しい人だったし、社長令嬢という立場で、父親同士も懇意にしているらしい。つい自分と比べ、卑屈な気分になってしまう。

「……駄目だ、やめよう」

美緒は首を振り、悶々《もんもん》とした気持ちを振り払った。

こんなこと、一人でうじうじ考えていても嫌な気持ちになるだけだ。今は自分が彼の妻。気になることがあるなら、芝崎本人にきちんと聞くべきだろう。

化粧室で口紅を直し、鏡に全身を映してチェックする。夫が綺麗だと言ってくれた自分に自信を持って、しっかり立っていたかった。

美緒は胸を張って化粧室を出る。

そろそろ帰ってもいいだろうかと思いながらロビーを横切っていると、前方から歩いてくる男性の視線を感じた。顔を合わせたくなかった、不快な相手。従兄の亮だ。

「あれ、美緒？　お前も来てたんだな、気付かなかった」

「……私も」

「ちょうどよかった、話があるんだ」

「仕事のことだったら聞かないけど。もう断ったよね？」

「いや、仕事のことじゃない。もっと大事な話」

すでにかなり酔っているのだろう、強い力で腕を掴まれる。

振りほどきたかったが、周囲には大勢の招待客がいる。夫の親族のパーティーで酔っ払いに騒がれても面倒だし、揉めていると思われたくなかった。

美緒は仕方なく物陰にあるソファセットに誘導し、彼と向かい合って座った。

でも話したくないという気持ちは隠し切れていなかったのだろう。美緒の様子がおもしろくないようで、亮は苛立たしげに舌打ちした。

「本当に感じ悪いよな、お前。そうやって不機嫌な顔ばっかりしてるから男が寄ってこないんだよ。よく社長なんてやってられるな」

「亮さんには関係ないでしょ」

どうせくだらないことだと思うが、話があるなら早くしてほしい。もしかしたら、会場に戻った夫が自分を探しているかもしれない。

内心そわそわしていると、亮は思いがけないことを言い出した。

「ババアのあの家なんだけど、このまま俺がもらおうと思ってるんだよね」

「……え？」

「うちを出ていけって言われてるけど、マンション借りるのも金がかかるしさ。ババアは退院したら親父たちと一緒にうちで暮らすことにして、俺があの家をもらえばいいかなと思って。だから お前の部屋も、全部整理して空けろよ」

「……」

亮の言葉に、頭の中が真っ白になった。

祖母の家は、美緒にとっては思い出が詰まった大切な実家だ。

狭いけれどきちんと片付いた家、一本一本に思い入れのある庭の木々。ついこのあいだも夫と訪れ、いつか産まれる子どもと祖母との団らんを思い描いたばかりだった。

あの家が亮のものになるなんて、考えたこともない。

たしかに亮にとっても祖母の家だが、彼はボロ家だとバカにしてあまり寄りつかなかった。たまに来ては祖母の冷蔵庫からいただき物をごっそり持っていったり、ここに置かせてくれと自分の私物を大量に持ってきたりと、いいように利用していただけだ。美緒が一人のときに限って顔を出し、好き放題やっていくので本当に嫌だった。

さすがの祖母も腹に据えかねたのだろう。美緒が大学生だったころに、彼は出入り禁止を言い渡されている。

それなのに、住むところに困るからとあの家をもらおうとするなんて、図々しいにもほどがある。美緒は冷ややかに従兄を見つめた。

「おばあちゃんや叔母さんたちには話した?」

「んー、親父にはまだ話してないけど。でもお袋は賛成してるよ」

息子を溺愛している叔母は、心を鬼にして亮を追い出そうとする夫と、何度も大喧嘩しているらしい。

叔母の家と祖母の家は徒歩十五分程度の距離だ。かわいい息子を手放したくない叔母としては、おそらく亮にアパート暮らしなどさせるつもりはない。近くに住んでいろいろ面倒を見たいはずで、それなら息子が祖母の家に住むのは大賛成だろう。

亮も祖母や父親が反対するのは分かっていて、母親から説得してもらうつもりなのだ。

祖母が賛成するわけがないと思いながらも、もし亮に実家が乗っ取られたらと思うと、美緒は不安だった。

「たぶん、反対されると思うけど」

「でも親父だってババアが一人暮らししてるの心配してたし、いいって言うだろ。そうだ、お前からも頼んでくれよ」

「どうして私が？」

「美緒が賛成したらババアも文句言わないだろうし。むしろあんなボロ家に住んでやるんだから、ありがたいと思えよな。まあババアが死んだら、その遺産でリフォームすればいいし」

「あの家はおばあちゃんの家です。勝手なこと言わないで」

いくら身内でも、こんなことを言う人間があの家に住むのは絶対に嫌だった。

でも亮も本当に実家を追い出されそうになっているのか、あきらめるつもりはないようだ。目を吊《つ》り上げた美緒に、亮は悪びれる様子もなく言った。

「じゃあ、お前が俺と一緒に暮らす？」

「……は？」

「俺と結婚しようよ。それであの家に住めばいいじゃん」

「いや、何言ってるの……？」

「お前金持ちだし、料理が駄目なのは使えないけど、他の家事はできるし。こんな無愛想な女、身内くらいしかもらい手がないだろうし、ちょうどよくないか？」

祖母の家と美緒の資産、おまけに料理以外の家事をしてくれる人手まで確保できると思ったのだろう。亮はいい思いつきだと言わんばかりに、熱心に身を乗り出してくる。

美緒はつくづく呆れていた。

今にして思えば母もこういうタイプだったが、甘い汁を吸うことしか頭にない人間というのは、本当にいるのだ。

幸いと言うべきか不幸にもと言うべきか、亮の外見は整っている。美緒は派手に遊んでいそうな美人と言われるけれど、亮は色気のある男前ということになるらしい。彼はその外見を活《い》かし、いろいろな女性のところを渡り歩いてヒモのような生活をしているようだ。

そういうだらしない暮らしぶりも母を思い出させて、美緒は本当に苦手だった。

血縁関係の情のようなものを抱くより先に、嫌悪感を覚えていた相手だ。もし今未婚だったとしても、彼と結婚なんて当然ありえない。

「私、亮さんと結婚はできないから」

「なんで？　従兄なんだから結婚できるだろ。俺と結婚したらお前の仕事だって手伝ってやれるし、うちの親も結構金あるし、いいことばっかりじゃん」

「何度も言うけど、うちで働いてもらうつもりはないから。もちろん結婚するつもりもない。そもそも私――」

冷たい声で切り出そうとした言葉は、後ろから抱きしめてきた腕に遮られた。

「美緒はもう結婚してるからね、俺と」

頭上から聞こえた落ち着いた声にも、ふわりと漂った爽やかなフレグランスにも覚えがある。

夫の声に、美緒は心底ホッとした。

亮は突然現れた男性に言葉を失っている。

明らかに上等な男前が、自分が今結婚しようと言ったばかりの相手を抱きしめているのだ。状況が理解できずに口をパクパクさせている彼に、芝崎は低い声で言った。

「美緒の従兄だな。妻にどういう用件だ？」

「あ、いや……」

妻の身内に対する親しみは一切感じさせない、厳しい口調だった。

亮は圧倒されたように視線を泳がせている。さっきまで美緒の前でだらしなく肘をついて座っていたのに、今はすっかり身を縮めていた。

「何の用もないだろう。お前の父親や祖母から、彼女には絶対に近付かないようにと何度も言われているはずだ」

芝崎の言葉に、美緒は驚いた。

祖母の家を出入り禁止になっただけでなく、美緒にも近付かないようにと言われているのだろうか。そのことは知らなかった。

でも亮には身に覚えがあるらしい。彼はオドオドしながらも小さく頷いている。

「それは、まあ……そうなんですが……」

「じゃあ二度と美緒には近付くな。実家を追い出されるだけでは済まなくなるぞ」

しっかり抱きしめられている美緒からは、後ろに立つ芝崎の表情は見えない。でもその口調は、いつもの穏やかな彼からは想像もつかないほど冷ややかなものだった。

戸惑っているうちに、亮は芝崎から逃げるように去っていく。

他の招待客に見られていないかと気がかりだったが、奥まった場所なので注目を集めることはなかったようだ。

亮の姿がなくなり、「大丈夫か？」とこちらをのぞき込んできたときには、芝崎はいつもどおりの穏やかな表情だった。

「すみません、みっともないところをお見せして」

「それより、従兄に何もされなかったか？　向こうは感じの悪い態度だったけど」

「大丈夫です。……捜しにきてくれたんですか？」

「うん。母から聞いてすぐに追いかけたんだけど、なかなか見つからなかった。美緒に何もなくてよかった」

夫がこの場に来てくれて助かった。苦手な相手と対峙《たいじ》して、自分でも気付かないうちに緊張していたらしい。支えるように抱きしめてくれる腕に、全身の力が抜ける。

「叔母様にも、一応結婚の報告はしただろう。従兄はそのことを聞いていないのかな」

「家族とはあまり話をしていないのかもしれませんね」

「一緒に住んでるんだろ？」

「亮さんは遊び歩いていて、家に帰らないこともよくあるようなので」

身内の恥を晒《さら》すようだが、すでに従兄の横柄な態度もだらしのない姿も見られているのだから同じことだ。美緒は小さくため息をつく。

「うち、こんな感じでいろいろあって、本当にお恥ずかしいんですが……」

父は不在、母は行方不明。叔母とは昔から折り合いが悪く疎遠で、ただ一人の従兄は無職でフラフラしている。

素行調査のようなものがあれば、眉をひそめられそうな状態だ。こんな自分が育ちのいい芝崎の妻になってしまうなんて、申し訳ない気持ちでいっぱいになる。

「たとえ身内でも、君が責任を感じることはないよ。ただ、しっかり警戒はしてほしい。あんな男につきまとわれてると思うと、心配で仕方ない」

「そうですね、気をつけます」

帰ろうと肩を抱かれ、小さく頷く。パーティーのあいだも気を張っていたし、いろいろあって本当にクタクタだった。

マンションに戻り、さっとシャワーを浴びて部屋着に着替えると、もう身動きできなくなる。

美緒はリビングのソファに力なく沈み込んだ。

「カフェラテ飲む？」

「ありがとうございます、いただきます」

キッチンにあるエスプレッソマシンは、カフェのようにたっぷりのフォームミルクが作れるタイプだ。それが気に入って、美緒は最近カフェラテばかり飲んでいる。

芝崎が淹れてくれたカフェラテを一口飲み、やわらかな甘さに少し疲れがほどける。

彼も隣に座り、ゆっくりとコーヒーを飲みながら口を開いた。

「稲城社長の娘に会ったんだよな。母から聞いた」

「会ったというか、お見かけしただけですが」

「どうやら娘のほうは招待されていなかったのに、受付で父親の名前を出して会場に入ってきたらしい」

疲れたように言う口ぶりに、夫は彼女にあまりいい感情を持っていないことを知った。義母も困惑した口調だったし、婚約解消のときにだいぶ揉めたというのは本当なのだろう。

「彼女は俺の元婚約者だ。……そのこと、少し話してもいい？」

そう、あまりにも身勝手な亮の発言で霞《かす》んでしまったが、礼華のことも気になっていたのだ。もちろん詳しい事情を聞きたい。

しっかりと頷くと、芝崎はポツポツと話し始めた。

「彼女は稲城礼華さん、稲城社長の一人娘だ。父親同士に仕事上の関わりがあって、それが縁で一年ほど婚約していた」

礼華との婚約が決まったのは、芝崎が大学を卒業して三年経ったころのことだった。

二十代半ばで、それも父親同士の仲がいいという理由だけで持ち込まれた縁談だ。最初は辟易《へきえき》したが、あとからそれも悪くないと思い直した。

ちょうど自分で立ち上げた事業が軌道に乗り、仕事に夢中になっていた時期だった。次々に持ち込まれる縁談が煩わしくなり、婚約者がいれば縁談を断りやすくなるという思惑もあった。

しばらく様子を見て合わなければ破談にすればいいという気楽な話だったし、ひそかに恋人がいた礼華も、縁談よけのために数年婚約したいと言い出した。それならば互いにちょうどいいと、婚約を決めたのだ。

「稲城礼華には恋人がいたし、最初はカムフラージュに協力するような形だったんだ。もちろん彼女相手に特別な感情を持つことはなかったよ。互いの家に影響がない程度に、円満な関係を保っていられればそれでいいだろうと考えていた」

でも彼女が恋人と破局してから、事情が変わった。

何年も付き合った恋人に裏切られた礼華は半狂乱になり、婚約者の芝崎に依存するようになったという。

「絶対に結婚してほしいと、何度も迫られた。ちょっとおかしくなってたんだろうね」

芝崎はため息をつく。大学を卒業したばかりで花嫁修業中だった礼華は、毎日のように芝崎のオフィスまで押しかけてきたのだ。

「彼氏と別れて、二十代半ばで幸せなお嫁さんになるつもりだった彼女は、人生設計が狂ったと思ったらしい。それで、どうせ婚約してるなら俺とそのまま結婚すればいいと」

「……あの……こう言っては何ですが、ちょっと勝手では？」

「そうだね。正直困ったんだ、そのときは。俺としてはいずれ破棄するはずの婚約だったし、最初は彼女もそれに合意していたから、予定外の展開だった」

恋人がいるあいだはカムフラージュとして芝崎との婚約を利用し、恋人と別れたらやっぱり結婚してくれと言い出す。

それは美緒から見たら、ずいぶん身勝手な話に思えた。

芝崎もいろいろ思い出しているのか、疲れたような表情だ。

「ただ、軽々しく婚約を受け入れた俺にも責任はある。形だけとはいえ両家公認で結婚の約束をしている状態だから、そう簡単に彼女を切り捨てることもできなかった」

「それで、どうなったんですか？」

「彼女が妊娠したと言い出した。俺の子どもができたと」

夫の言葉に、美緒は言葉を失った。

思わずまじまじとその顔を見つめると、芝崎が苦笑する。

「俺の子どもじゃないよ、もちろん」

「えーと、でも……一応そういう関係だったということですか……？」

「まさか。俺は指一本触れていない。彼女に恋人がいたときはもちろん、そのあとも。こっちは婚約を解消するつもりだったしね」

芝崎にとって彼女は、別に嫌いな相手ではなかった。楚々《そそ》とした箱入り娘だがはきはきしていて、しっかりした女性だという印象を持っていた。

何事もなければ、恋人と別れた礼華に情が移って、いずれ政略結婚を受け入れる未来もあったかもしれない。

でも妊娠が判明してから、礼華は人が変わったようになった。

結婚前に妊娠したことは、それこそ彼女が描いた人生設計にはない一大事だったのだろう。芝崎の子どもだとヒステリックに主張し、早く結婚してくれと毎日のように言われ続けた。

芝崎の両親は息子の言い分を信じてくれたものの、それでも自分の子どもではないことをすぐに証明する手立てはない。もちろん礼華の両親からは早く入籍するようにと急かされ、芝崎はほとほと困り果てた。

「当然、そんな嘘を受け入れるわけにはいかない。俺の子どもじゃないことは確実だから、何としても結婚は回避しなければと思っていた」

矛盾した彼女の言い分を少しずつ崩して、とうとう芝崎の子ではないと白状させるまで、本当に大変だった。

娘が他の男の子どもを押しつけようとしていたことを知り、稲城社長は芝崎に土下座して詫《わ》びた。礼華もさすがに気まずかったのか、子どもの父親とともに海外へ行くことになった。それが五年ほど前のことだ。

「このままずっと海外にいると思ってたんだ。もう会うことはないし、五年以上前のことだし、君に隠しごとをしているつもりはなかったんだけど……でもこんなふうに顔を合わせる機会があるなら、ちゃんと詳しく話しておけばよかったな」

「もう昔のことですし。それより、いろいろあって大変でしたね」

心底申し訳なさそうな芝崎に、美緒は首を振る。

自分たちは恋人同士だったわけではなく、ただ利害が一致したからと結婚したのだ。結婚を決めたときは彼の過去の女性関係なんて気にしなかったし、婚約者がいたことは聞いていたのだから、隠しごとをされたという感覚はない。

ただ、想像していたより強烈な話ではあったが。

腹の子を盾に結婚を迫られた日々は、さぞ苦しいものだったはずだ。そのころのことは思い出したくもなかったのだろうと、美緒は夫を思いやった。

「でも、礼華さんはどう思ってるんでしょう」

「どういうこと？」

「もしかしたら篤志さんに未練があるとか」

こちらを睨んでいた礼華の目には、たしかに悪意を感じた。憎しみに満ちた眼差し。

美緒と礼華のあいだには何の繋がりもない。あの憎悪は、ただ芝崎の妻になったという理由だけで向けられたものだろう。

――婚約解消からはもう五年以上も経っているはずなのに、元婚約者の妻をあんな目で見るということは……もしかしたら。

礼華が夫に未練を残しているかもしれないと思うと、心がざわざわする。

でも芝崎は「それはない」とはっきり言った。

「もしあったとしても、俺には美緒がいる。もう何の関係もない相手だよ」

「……でも」

「君にまで不快な思いをさせて悪かった。結婚前にきちんと話しておくべきだったよな。本当にごめん」

芝崎は美緒を抱き上げ、膝に乗せる。

彼はこうして自分の膝の上で妻を抱きしめ、甘やかすのが気に入っているらしい。

いつのまにか定位置のようになったその場所で、美緒は夫の首に腕を回す。芝崎はめずらしく疲れ切った表情だ。今日は自分が彼を甘やかしてあげたい。

シャワーを浴びてサラサラになった髪を撫でると、夫がくすぐったそうに笑う。

「慰めてくれてるのか？」

「そうですね、大変だった人を労《いたわ》ろうかと」

「たまにはいいな、こういうのも。本当は、もっと違う方法で慰めてほしいけど」

「ち、違う方法……」

動揺する妻に、彼が楽しそうに口づける。

しばらくぬくもりを分け合うように抱き合ったあとで、芝崎がまた口を開いた。

「それで、子どもの本当の父親なんだけど……」

「いえ、もういいです」

いかにも気が重そうな声を遮り、しっかり彼を抱きしめた。

子どもの本当の父親とも、当然一悶着《ひともんちゃく》あったのだろう。芝崎には何の落ち度もないのに、大変な思いをしたはずだ。もうそのときのことは思い出させたくなかった。

「それより、気になることがあるんですけど……聞いてもいいですか？」

「いいよ、何でも」

少し躊躇《ためら》って、でもやっぱり口を開く。

芝崎を裏切った女性のことも、彼女に加担《かたん》した子どもの父親のことも、正直どうでもいい。そんなことよりも、美緒には気がかりなことがあった。

「礼華さんの子どもは……きちんと大切に育ててもらっているんでしょうか」

美緒はポツリと呟く。

礼華は子どもの父親を偽り、芝崎と結婚するための切り札にしようとした。そしてその計画は失敗に終わった。

産まれた子どもは、その後どんなふうに育てられたのか。

自分の親にも婚約者にも支離滅裂な嘘をつき、人が変わったようになったという礼華は、まともな子育てができていたのだろうか。思いどおりにならなかった腹いせに、子どもに当たるようなことはなかっただろうか。

礼華の話を聞いて、美緒は自分の母親のことを思い出していたのだ。

ろくに美緒の面倒を見ず、最後には小学生の娘を捨てた母。

父が子どもを認知しなかったせいで経済的にも大変だったと、母は何度も美緒に当たった。もしかしたら礼華の産んだ子も同じようにつらい思いをしたかもしれない。そう思うと、美緒は無関心ではいられなかった。

「子どもは大丈夫だ。うちの両親がその後のことを気にして時々調べさせているけど、元気に育ってるよ」

「そうですか、よかった……」

産まれてきた子どもが元気だと聞いて、心から安心する。

知らず知らずのうちに、子どものころの自分と重ねていたのかもしれない。心底ホッとした美緒を見て、芝崎は目を細めた。

「やさしいよな、君は」

「礼華さんには全然同情してませんよ。そんなことがあれば、篤志さんも女性不信になって当然だと思いますし」

「そうだね。しれっと他の男と子どもを作って、その子どもを押しつけられそうになって……しばらくは女性に対する不信感があったよ」

「当たり前です。すごく悪質な嘘だと思います」

もし芝崎が礼華と一度でも関係を持っていたら、自分の子どもではないことを証明するのは難しかっただろう。最初から何の疑いもなくそのまま騙《だま》されて、彼が自分の子どもとして育てていた可能性もある。

最終的には礼華本人が芝崎の子どもではないと認めざるをえなかったので、彼女との結婚を回避することができた。そうでなければ、一体どうなっていたのだろうか。

「でも君のことは信じられると思った。美緒なら嘘をつくことはないだろうと」

「……そんな嘘をつく人のほうが少数派だと思いますよ？」

彼は、信頼できる誠実な女性に自分の子どもを産んでもらいたいと言い、美緒との結婚を決めた。信頼と誠実ということにこだわったのも、今となっては納得だ。

礼華とのことがあってから、芝崎は女性不信気味だったという。彼が結婚を考えるうえで、信頼できる相手であることは何より重要だっただろう。

夫がこんなふうに結婚を決めた理由が、ようやく腑に落ちた気がする。

友情結婚も悪くないとさらりと言う裏には、実はたくさんの修羅場があったのだ。

「あの……子づくりするの、嫌じゃないですか？」

彼に跡継ぎが必要なのは分かっているが、つい小声で確認してしまう。

子どものことで散々揉めた過去があるのだ。もう子どもの話も跡継ぎの話も、彼にとってはうんざりではないだろうか。

でも芝崎は、やさしい笑みを浮かべて美緒の頬を撫でた。

「美緒との子どもならほしいと思ってるよ。一緒に暮らしていて楽しいし、こうやって寄り添ってくれるやさしさもある。君はこのまま俺の子どもを産んでも後悔しない？」

「絶対しません」

思いのほか、強い返事になった。今は祖母のためだけでなく、自分のためにも子どもがほしいと思っている。もちろん、望んでくれるなら芝崎のためにも。

この人に抱かれたいと、初めて積極的な欲が出た。

昔の話を聞いて、同情したのだろうか。それとも、やはり彼に惹かれているのだろうか。

自分の気持ちはまだよく分からなかったが、ただ夫にやさしくしたいと、できる限り尽くしたいと思った。

彼に抱かれ、子どもを授かる。緊張ばかりでまだ少し怖かったその行為を、今ならすんなり受け入れられる気がした。たくさん嫌な思いをした夫に、幸せいっぱいの笑顔でわが子を抱かせてあげたいと、心から思ったのだ。

「私もほしいです、芝崎さんとの子ども」

「そっか。じゃあ……そろそろしようか、子づくり」

囁くように告げられた言葉は熱を孕んで、美緒の鼓動を跳ねさせる。

一瞬いつもの軽口かと思ったが、全然違った。こちらを見る眼差しはもう、見慣れた穏やかな彼ではなくなっている。

渇望を感じさせるその表情に、美緒の身体も勝手に疼《うず》いた。

ぎこちなく頷けば、そのまま寝室に連れていかれる。

いよいよだと思うと、いつも以上に緊張した。妻をベッドに組み敷いた芝崎が、労るように何度も髪を撫でる。

「俺の子どもを産んで、美緒」

甘い願いを囁いた夫が、やさしく口づけてくる。

芝崎の唇はいつもより熱い。今夜そういうことになるのだと思えば、彼にすっかり慣らされた美緒の身体も、すぐに熱を持った。

濃密な口づけをじっくり味わったあと、夫の唇は美緒の頬や額にもキスを落とす。

形のいい唇は、妻を愛《め》でるようにたっぷりと口づけを落としたあとで、小さな耳を食《は》んだ。舌で触れられ、美緒はふるりと身を震わせる。

「ん……っ」

「耳、くすぐったい？」

「ちょっとだけ……そこでしゃべられると……っ、ん、あっ！」

輪郭を確かめるように辿った舌先が、耳孔に侵入してくる。ぐちゅぐちゅと濡れた音を響かせ、耳朶《じだ》もしゃぶられて、耳が弱いことはすでに知られていた。

身体の力が抜けてしまう。

夫は小さな耳をゆっくりと嬲りながら、胸の膨らみに手を伸ばした。でも、いつもと違うことにすぐ気付いたようで、首を傾げる。

「……ブラ、してない？」

「ん、ちょっと窮屈で……」

今日は疲れ切っていたので楽にしたくて、シャワーのあともブラジャーを身につけなかった。

芝崎は「めずらしいね」と言いながら、部屋着の上から膨らみを撫で回す。

下着にこだわる美緒がノーブラでいるのが、夫には新鮮に思えるらしい。

部屋着にしているパイル地のワンピースは薄手で、与えられる刺激が充分に伝わってしまう。

指先で引っ掻《か》くようにされて、すぐに先端が尖った。

「あんっ、あ、や……そんなに、されたら……っ」

「ん……もう硬くなってきた」

「や、ああっ！」

尖りを指先でピンと弾かれるのも弱い。何度も繰り返しそれをされ、美緒は悶えた。

「……っ、はっ、あ……篤志さ……」

「……いいね、こういうときに名前呼ばれるの。結構そそる」

ブラジャーをつけていない胸は開放感があるが、しっかりホールドしてくれる布地がない状態は、何となく心細い。その無防備な膨らみを、夫は執拗に責め立ててくる。

「んぅっ……あ、あ……っ」

指先ですりすりと弄られるたび、パイル地が擦れて刺激になった。

その快感を必死で追っていると、抱き起こされて部屋着に手をかけられる。

ワンピースを脱がされ、ショーツ一枚の姿になった。ボルドーのショーツはやわらかな総レースで、両側の腰の部分に大きなリボンがついている。そのリボンをほどけば、はらりとショーツが脱げる――いわゆる紐《ひも》パンだ。

「綺麗な下着だな。君によく似合う」

妻の下着姿を好む夫は、肌を透かした美しいレースに目を細める。

剥き出しになった胸も、すでにじんわりと湿っているショーツも隠したかったが、それは許されなかった。

美緒の手が芝崎の肩に導かれる。夫の肩につかまりながら、彼の目の前で膝立ちになった。裸の胸も大胆なショーツも、至近距離で凝視される体勢だ。

「篤志さん、これやだ……っ」

「駄目。ちゃんとつかまってて」

間近で見られるのが恥ずかしく、逃げ出したくなる。

でももちろん、彼は逃がしてくれなかった。胸の先にしゃぶりつかれて、美緒は思わず背をしならせる。

「あっ、あ！　ひ、あああっ……」

「気持ちい？」

「ん、気持ちい……！　は、ぁ、んんッ……」

膝立ちした美緒の腰を緩く抱きしめながら、芝崎はくちゅくちゅと尖りを舐め続けた。

舌のざらざらした部分を敏感な尖りに擦りつけられ、気持ちよさに腰が揺れる。背中も撫で回されて、膝から崩れ落ちそうだった。

「は、んっ、あ、ああ……っ」

「ほら、しっかり立たないと」

「んんんっ！」

休むことは許されず、震える足で膝立ちしながら、彼に胸の膨らみを差し出し続ける。

時折ちゅうっと強く吸われ、身体がビクビクと震えた。芝崎は胸の先をねっとりと舐め回し、美緒を追い詰めていく。

「篤志さ……っ、むね、ばっかりっ……」

切ない吐息を漏らせば、また身体の奥からトロリと熱いものがこぼれる。

ショーツはもうぐっしょりと濡れていた。胸の先への愛撫だけで、恥ずかしいほど蜜が滴り続けている。

もどかしくて身動ぎする美緒に、夫は意地の悪い笑みを浮かべてショーツのクロッチをなぞった。そこが濡れていることはすぐに分かったはずなのに、直接は触ってもらえない。

「こっちもほしい？」

「ふ、ぁ……っ」

「ちゃんと言わないとあげないよ」

「んっ、ほし……っ、あ、あああっ！」

ショーツの中に侵入してきた指が、蜜を溢れさせた秘裂に触れる。

容赦なく蜜を掻き混ぜる長い指は、花弁のあいだをゆっくり行き来し、ぐちゅぐちゅといやらしい音を立てた。

「あ、あっ……は、あぁん……」

「ぐしょぐしょ。もう二本入った」

「んッ……あ、あっ……篤志さん、きもちい……」

何の経験もなかった身体は、毎晩のように与えられる快感にすっかり慣らされ、夫の指がすんなり入るようになっていた。

内襞を広げるように指を動かされ、じわじわと快感が募る。膝立ちが続けられずくずおれると、仰向けに横たえられた。

「下着、脱がせていい？」

「んッ……脱がせて……」

「へえ、本当にリボンがほどけるんだ」

一旦美緒の蜜口から指を引き抜いた芝崎が、興味津々という表情でリボンに触れた。すぐにはほどかず、大切なプレゼントを開けるようにゆっくりリボンを引っ張る。

まるで焦らされているようなその仕草に、焦燥が募った。さっきまで指で弄られていた蜜壺が空っぽにされているのがさびしく、そっと膝を擦り合わせる。

その様子に気付いた夫が、ふっと笑みを浮かべた。

一気に両側のリボンがほどかれ、大きく足を開かれる。

芝崎は美緒の足のあいだで身を屈《かが》めた。たっぷりと蜜を溢れさせた花弁に、彼の熱い吐息がかかる。何をされるか察して身を捩ったが、もちろん逃がしてはもらえない。

「や、それはっ……」

「しっかりほぐさないと。なるべく痛い思いはさせたくない」

「でもっ、んっ、あぁッ……！」

端整な夫の顔が、秘めるべき場所に埋められた。それだけでも恥ずかしいのに、芝崎はこちらの反応を見逃すまいとするように、じっと熱っぽい視線を送ってくる。

愛撫に翻弄されている淫らな姿を、彼に見られたくない。

でもやわらかな舌で蜜を舐め取られると、おかしくなりそうなほど感じてしまう。

夫の舌遣いは巧みで、蜜口の浅いところを探られるたび、美緒の腹の奥には甘ったるい熱が溜まっていく。

「んっ……あ、あ……、ああっ、やぁ……っ！」

「は……美緒の中、あつい……」

掠れた声で言いながら、彼の舌が花芽を押し潰す。

強い快感に頭の中が真っ白になり、どっと汗が噴き出した。美緒はシーツを掴んで、いきなり与えられた絶頂を何とかやり過ごす。

でも再び蜜洞に埋められた指は、美緒を休ませてくれなかった。

感じやすい場所を巧みに擦られればひとたまりもなく、何度も身体を震わせる。一度達してしまえば小さな波が絶えず押し寄せて、なかなか高みから下りてこられない。

「は……っ、あ、ぁ……んっ、んん……っ」

「指、大丈夫そうだな。よかった」

「ん、あ……ッ、は、篤志さ……っ、ああっ……」

すっかりできあがった身体は、いつのまにか三本に増やされていた指をしっかり食い締め、ぐちゅぐちゅと蠢いては奥へと誘った。

三本の指で抜き差しされても、美緒が感じているのは快感だけで、痛みはまったくない。むしろ指だけでは物足りないような感覚があり、自分から腰を揺らしてしまう。

もっとほしいと思っているのが、夫に伝わってしまったのだろうか。

目が合うと、彼の眼差しが一瞬獰猛《どうもう》なものに変わった。

「ほしいんだ。かわいいな」

「も、やぁっ……噛んじゃっ……んん……っ！」

「好きだよね、噛まれるの」

「あっ、や、すきじゃない……っ、あああッ！」

花芽にやさしく歯を立てられて、もう一度押し上げられる。内襞を擦る指も、美緒のいいところを探るように動き回っていて、そろそろ限界だ。

何度目か分からない絶頂にぐったりしていると、指が引き抜かれる。

芝崎が身を起こし、着ているものを脱ぎ捨てた。

今まではいつも美緒が一方的に快感を与えられるだけで、彼は服を着たままだった。一度一緒に風呂にも入ったが、そのときは彼の身体を直視できなかった。

こんなふうに夫の裸体をきちんと見るのは初めてだ。美緒は頬を上気させたまま、彼の上半身を見つめる。

「そんなに見られると恥ずかしいな」

「……だって」

「いいよ、見て。君の夫だ。これから誰に抱かれるのか、ちゃんと見てて」

熱のこもった眼差しで射貫かれて、きゅんとした。

妻の痴態を見つめたまま、彼は躊躇《ためら》いなくすべてを脱ぎ捨てていく。

初めて見た夫の裸は、均整の取れた美しい身体だった。ジム通いを欠かさない彼は程よく鍛えているらしく、無駄なく実用的な筋肉のついた身体つきだ。

「……あ……篤志さん……」

明かりをつけていない寝室でも、彼の屹立《きつりつ》がくっきりと見えてしまう。

初めてきちんと目にする、男性のその部分。大きく張り詰め、臍《へそ》につきそうなほど反り返った楔《くさび》に、今から貫かれようとしている。

芝崎はこちらが怯んだことに気付いたのだろう。

やさしく覆《おお》い被《かぶ》さってきた彼から、やわらかなキスが何度も落とされる。受け入れてほしいと乞うような口づけに、緊張も身体も少しだけ緩んだ。

「今日は最後までするけど……怖い？」

「……怖くないです」

「よかった。今日こそ美緒と繫がりたい」

素肌が触れて、思いのほか熱い彼のものにびくりとしたが、恐怖心はなかった。頭から抱えるようにしっかりと抱き込まれ、こめかみに頬擦《ほおず》りされる。

愛されていると勘違いしそうな仕草に、胸がいっぱいになった。

腹に当たる彼の熱杭はガチガチに硬くなっていて、いかにも苦しそうだ。美緒の痛みなど気遣うことなく欲望のままに進めることもできるのに、律儀な彼は心の準備ができるのを待ってくれている。

その思いやりが愛おしくて、美緒は夫をしっかり抱きしめた。

「篤志さん……ほしい、です」

思い切って彼の背中を押せば、すぐ近くで息を詰める気配がする。

彼のものがまた少し重量を増したような気がした。でもそれに怯えるより早く、やさしく頬が撫でられる。

「大切に抱くから――信じて、委《ゆだ》ねて」

額をコツンと合わせて囁かれる。頷くと、自然と身体の力が抜けた。

濡れそぼった秘所に、彼の熱杭がひたりと押し当てられる。

子づくりのための行為には、最初から避妊具は必要なかった。経験のない美緒には避妊具の有無による違いはよく分からないが、芝崎の熱を直接感じて本能的に喜んでいるのか、身体の奥がきゅうっと疼く。

「ん、っ……熱い……」

「うん、俺も……」

彼もそこに当てただけで気持ちいいのかもしれない。悩ましげな吐息を漏らした芝崎が、美緒に小さな口づけを落とす。

甘やかすようにキスを繰り返しながら、夫がゆっくりと腰を揺らす。

二人の身体を少しずつ馴染ませるように、花弁のあいだを太く硬い楔が行き来した。ぐちょぐちょと淫らな水音が立つのが恥ずかしい。ぷっくりと膨らんだ先端に花芽を押し潰されると、思わず嬌声が漏れる。

「あッ……は、ん……っ」

「力抜いてて」

「ん、ぅ……っ、篤志さん……っ」

「美緒……挿れるよ」

彼の先端がゆっくりと侵入してきた。

ぐぐっと蜜口が押し広げられ、引き攣《つ》れるような痛みを感じた。

指とは全然ちがう、ずっしりとした質量と圧迫感。みちみちと埋められていく先端に、苦しくて涙がにじむ。

「ごめん、痛いな」

「……ん、っ……ちょっとだけ……」

「もう少しだけ我慢して」

「う……んっ、あっ……」

彼は美緒の髪を撫でながら、慎重に腰を進める。

硬い楔に慣れない隘路をこじ開けられ、冷や汗が出た。

彼のものが長大なためか、あんなに何日もかけてじっくり慣らしてもらったのに、それでも痛みを感じる。もし最初から気遣いなく挿入されていたら、一体どうなっていただろう。

「は、ん……ぅっ、あ、あ……っ」

じりじりと貫かれ、呻《うめ》き声が漏れた。芝崎の呼吸も荒い。

でも大きく膨らんだ先端を埋めてしまえば、少しだけ楽になった。繋がり合った場所から蜜が溢れ、彼の動きを助ける。

埋められていく雄々しい熱杭が、やがて最奥に辿《たど》り着《つ》いた。痺れるような痛みと圧迫感で、美緒は涙目になる。

「全部、はいった……？」

「うん……しばらくこのままでいよう」

芝崎は労るように口づけを落とし、胸の先や花芽にゆるゆると愛撫をくれた。

みっちりと埋められた昂《たかぶ》りは苦痛だったが、感じやすいところへの愛撫で甘い蜜が溢《あふ》れ出す。

彼の愛撫で少しずつ快感を拾ううち、中の痛みも気にならなくなってきた。

花芽に擦りつけるように腰を押しつけられていると、身体の奥からむずむずとした疼きが湧き出してくる。芝崎もその変化に気付いたのか、小さな快感の芽を逃がすまいとするように、ゆっくり腰を揺らし始めた。

「ん、あっ……は、んん……っ」

「は、美緒……」

色っぽく美緒の名を呼ぶ芝崎の声は掠れていた。

避妊具を使わない交わりがよほど気持ちいいのか、彼は何かをこらえるようにぐっと唇を噛んでいる。

美緒を気遣いながらも、時折我慢できないというように突き上げられた。その姿に身体の奥がきゅんとする。

普段穏やかな芝崎が、自分の身体に溺れている。

そう思うと、もっともっとあげたくなった。

美緒がぎゅっとしがみつくと、彼は少しずつ律動を激しくする。

「あっ、あ……っ、あぁっ、篤志さ……っ、んんっ！」

朦朧《もうろう》としながら揺らされるうち、疼きは明確な快感に変わっていく。

指で散々嬲られた場所を、ずっしりとした昂りで抉《えぐ》られるとたまらない。彼の熱に浮かされるように、美緒も思わず腰を揺らす。

「ふ、ぁ……っ、それ、きもちい……！」

「は……っ、ここ……？」

「んんっ、そこっ、あ、あっ！」

まだひりつく痛みはあるが、それより快感が強い。何日もかけて丹念に慣らされた身体は、最初の痛みさえ乗り越えれば、素直に快楽を拾った。

奥を突きながら花芽をくちゅくちゅと弄られ、押し上げられそうな予感に震える。彼の熱杭が、蜜洞の奥で嵩《かさ》を増した。

「美緒……出そう……」

色っぽい囁きにクラクラしながら、必死に頷く。こちらももう全然余裕がなく、芝崎にすがっているのがやっとだ。

「あ、ん……っ、出してっ……」

「んっ、出る……っ、美緒……！」

「や、ぁ……っ、篤志さんっ……あぁぁ……っ！」

最奥にぐっと押し込まれ、喉元を甘く噛まれた。

その瞬間、大きな波に攫われる。同時に彼のものが震え、びゅくびゅくと熱を吐き出しているのを感じた。

美緒は絶頂の余韻にぼんやりとしながら、彼の吐精を受け止める。

——お腹《なか》のなか、へん……これ、すごく熱い……。

すぐに終わるものかと思いきや、最初の勢いをなくしたあともトクトクと注がれ続けているのを感じる。

一滴残らず注ごうとしているかのように、彼はがっちりと美緒を抱きしめていた。苦しいほどだが、強く抱きしめられていることに気持ちが満たされる。

「もう少しこうしてて……まだ出てる……」

荒い息をついている芝崎は気怠《けだる》そうだ。美緒もぐったりと脱力していて動けそうにない。

——これで、子どもができるかもしれない……？

今は授かりやすい時期ではないし、たった一回で実を結ぶことはないだろう。

それでも、かすかな期待はあった。

抱きしめてくれる腕はあたたかく、身体の奥にも芝崎の放った熱がじんわりと広がっている。

初めてのその熱を味わいながら、美緒は夫の腕の中でじっとしていた。

第六章

十一月半ばになると、都内のあちこちでクリスマスイルミネーションが始まり、華やいだ雰囲気になる。

二人が初めて身体を重ねてから、二ヶ月ほどが経った。

そのあいだ、夫とはずっと避妊なしの行為を続けている。回数は多すぎるほどだし、二人とも健康そのもの。だからすぐにでも妊娠するのではと、ひそかに期待していたのだ。

でもその朝、違和感に気付いてトイレに入った美緒は、鬱々《うつうつ》とした気分になっていた。

——あー……今月も駄目だったか……。

もしかしたらと思ったとおり、残念ながら月のものが来ていた。

きちんと子づくりしようという話になってからまだ二ヶ月、焦るような段階ではないことは分かっている。

でも何度も身体を重ねるたび、もしかしたらこれで授かるのではと期待してしまうのだ。早く授かりたいという願いが大きいだけに、予定どおり月経が来ただけで、美緒はすごく落ち込んでしまう。

——今日が土曜日でよかった。お腹痛いし、ちょっと貧血っぽい……。

リビングに戻ると、芝崎が新聞を読みながら待っていた。「どうだった？」と聞かれ、美緒は力なく首を振る。

「やっぱり来ていました。……ごめんなさい、今月はうまくいくかと思ったのに」

子どもができていなかったことを、夫に告げるのはつらかった。何かを失ったような、大きなミスをしてしまったような心苦しさがある。

必要以上にナーバスになっている美緒を、芝崎はやさしく抱きしめた。

「そんなに落ち込まないで。授かりものだ、今回は縁がなかったんだろう」

「……すみません」

「君が悪いわけじゃない」

頬や額に、夫が労るようなキスをくれる。

「顔色が悪いね。お祖母様のところに伺うの、残念だけどまた今度にしようか」

「そうですね。祖母には連絡しておきます」

祖母は先月無事に退院した。

本人はすぐ家に戻るつもりだったようだが、さすがに心配だからと叔母夫婦に説得され、今は叔母の家に身を寄せている。

でも体調に不安はなく、来月から自分の家に戻ることにしたらしい。美緒は祖母の一人暮らしを心配したが、本人は元気に笑っていた。

「娘の家だから遠慮しなくていいって言われてもね、やっぱり自分の家がいいわよ」

「それはそうかもしれないけど……」

「大丈夫よ、心配しないで。おばあちゃんのことはいいから、美緒はとにかく芝崎さんと仲良く暮らしなさい」

本人の意志は固く、担当医師の賛成もあって、叔母夫婦に時々様子を見てもらいながらの一人暮らしを続けることになった。

それで結局、祖母の家に住むという亮の計画は白紙になったのだ。

彼は散々文句を言いつつ、まだ自分の実家に住んでいる。祖母の家が亮に乗っ取られるようなことにならなくて、美緒は本当にホッとしていた。

今日は祖母に会いに行くつもりだったが、この体調では難しい。

がっかりしていると、芝崎に抱き上げられて寝室に運ばれた。

「またいくらでも機会はあるよ。お祖母様、すっかりお元気になられたし」

「でもせっかく篤志さんも予定を空けてくれたのに。本当にすみません」

「体調が悪いんだから仕方ない。今日は何もしないで、ずっとゆっくりしてて」

朝から雨で気温も低く、手足が冷えている。夫はそのことにもちゃんと気付いてくれたらしい。

寝室にはあたたかい飲み物や湯たんぽまで用意されて、至れり尽くせりだ。

重病でも何でもないのに、彼は心配そうにこちらをのぞき込んでくる。

「……これ以上甘やかされたら駄目になるんですが」

「いいだろ、体調悪いときくらい駄目になりなよ」

「ごめんなさい、普段はそれほど体調を崩したりしないのに……」

小学校高学年になって祖母と暮らし始めてからは風邪ひとつ引かなくなったが、母親と暮らしていたころはよく熱を出した。

でも美緒の母は、病気の娘を看病するような人ではなかった。「風邪？　うつさないでよ」と舌打ちされたことを、今もはっきり覚えている。

小学生になってから掃除や洗濯は美緒の仕事だったが、熱を出して家事ができなくなると、母はブツブツと文句を言い続けた。そのときのいたたまれなさが記憶に残っているせいか、美緒は今でも体調を崩すと必要以上に申し訳ない気持ちになってしまう。

埼玉の古ぼけたアパートで、しょっちゅう娘を置いていなくなる母親の帰りを待ち、いつも空腹だった日々。

しんと静まった部屋で一人眺める天井は、孤独が募ってさびしい。病気のときはなおさら。

そんなことまで思い出してしまい、心細い気分になった。

「昼は軽く食べられるものにしようか。作っておくよ」

夫が立ち上がる。美緒はそのニットの裾を思わず掴んだ。

体調が悪いせいか、子どもを授かれなくて落ち込んだせいか、少し気持ちが弱っている。一人になりたくなかった。

「どうした？」

「あの……少しだけ、ここにいてもらえますか……？」

美緒の弱々しい声に、芝崎は一瞬戸惑った表情を見せる。

でも彼はすぐにやさしい笑みを浮かべ、布団にもぐり込んできた。

「少しだけと言わず、ずっといるよ。一緒に寝よう」

「……すみません、わがまま言って。せっかくのお休みなのに」

「妻と一緒に二度寝なんて、最高の休日だろ。あとでかぼちゃのポタージュ作ろうか、美緒の好きなやつ」

後ろからしっかり抱きしめられ、彼のぬくもりに包まれる。

夫は体調を崩した美緒を責めたりしない。家事ができなくても叩《たた》いたりしない。その大きな手は、妻の腹をあたためるようにやさしく撫でてくれている。

ひとりぼっちでずっと天井を眺めていた子どものころの自分も、一緒に包み込まれているような気がした。

ずっと昔の、でも今まで決して消えてくれなかった孤独感が、心の奥でじわりと溶けていく。

満たされた気分になって、ほろりと涙がこぼれた。

――こんなに大切にしてもらって、好きにならないなんて無理じゃない……？

夫はやさしく、一緒に暮らす日々は穏やかで、毎晩のように情熱的に抱かれている。

この状況で、彼に対して何の感情もないと言い切るのは難しい。

単なる友情結婚のはずだったのに、今さらはっきりと自覚してしまった夫への好意に、美緒は戸惑っていた。

――でも、もしこのまま二人のあいだに子どもができなかったら……妻としての存在価値はないし、そもそもこの結婚の意味もなくなる……？

つい後ろ向きなことを考えてしまい、ずっしりと心が重くなった。

この結婚の目的は、あくまでも子づくりだ。

特に夫にとっては、跡継ぎは絶対に必要なはず。

やさしい芝崎は、美緒に子どもができなかったとしても、離婚しようとは言わないだろう。でもいつまでも跡継ぎができなければ、彼も義両親も困るはずだ。

最初は子どもさえ授かればそれでいいと思っていた。ただ祖母を喜ばせるために、子どもの父親になってくれる人がほしいからと、友情結婚をしたはずだった。相手は誰でもいいとは言わないが、特定の誰かである必要もなかったのだ。

でも今は、どうしても芝崎の子どもがほしい――大切な夫の子どもが。

その願いの切実さに、自分が彼に強く惹かれていることを、嫌でも思い知らされる。

「……篤志さん」

「ん、なに？」

「いえ……おやすみなさい」

疲れているのか、やさしい声はもう眠そうで、何も言えなくなる。

美緒をもう一度しっかり抱き込んで、やがて芝崎は穏やかな寝息を立て始めた。

その気配もぬくもりも手放したくない。だからこそ、彼のほしがっている子どもを、今すぐあげられないことが心苦しい。

雨音を聞きながら、美緒は静かに涙をこぼす。

心地いいぬくもりに包まれているのに、いつまでも眠ることができなかった。

◇

翌週月曜、打ち合わせで外出していた芝崎は、晴海の店に立ち寄った。

時刻は十九時ちょっと前。開店直前の仕込みでさぞ忙しいだろうと思いきや、晴海はスツールに腰かけてゆっくりと煙草を吸っている。相変わらずやる気ゼロだ。

「晴海、近くまで来たから差し入れ」

「やったー、ここのどら焼きおいしいよね」

「よく潰れないな、この店」

「不思議だよねー。まあ他でもいろいろ頑張ってるから」

呆れた声を出した芝崎に、晴海はニコニコしている。

グループ店——と呼ぶにはここの店とは雰囲気が違いすぎる卑猥《ひわい》な店ばかりだが、そちらの業績が好調なのだろう。芝崎には理解できない性癖を持つ男女が、どうやら世間にはたくさんいるらしい。

「ここは潰さないから安心して。飲んでいく？」

「うーん、じゃあ少しだけ」

明日から出張なので一瞬迷ったが、先週は会食続きで疲れていたし、たまには一人で飲みたいと思い直した。

今日は美緒も外で食事を済ませてくると言っていたから、急いで帰る必要もない。

芝崎は上着を脱いで、スツールに座る。

「美緒も元気？　酒飲まなくていいから来ればいいのに」

「言っておくよ。今忙しいみたいで」

美緒はセールやクリスマス商戦の準備でバタバタしている。でもそれだけでなく、最近の妻はどことなく元気がない。

理由は芝崎もよく分かっている。すぐにでもほしいと思っていた子どもを、なかなか授からないせいだ。

まだ子づくりを始めて二ヶ月ほど。

もちろんすぐに授かる夫婦ばかりではないし、美緒の祖母もすっかり元気になって退院したし、焦ることはない。

それは分かっていても、もしこのまま子どもを授からなかったらと思うと、芝崎もひそかに不安だった。

「聞いていいのかな……もしかして、子どもできた？」

晴海が酒の用意をしながらそわそわしている。

子づくり込みの友情結婚などと言い出したのは晴海だ。芝崎と美緒が子どもをほしがっていることを——むしろ子づくりのために結婚したことを、晴海もよく分かっている。この店になかなか顔を出さなくなった美緒は、もしかしたら妊娠中かもしれないと思ったのだろう。

芝崎はゆるゆると首を振った。

プレッシャーを感じたところで授かりものなのでどうにもならないのだが、やはりこうして友人からも聞かれると、いっそう焦りが募る。

「いや、まだ」

「そっかー。でも結婚したばっかりだしね」

「……それでも、すぐにでもできるような気がしてたんだけどな」

結婚前に作成した契約書には、子どもができなかった場合には離婚も視野に入れて協議することが明記されている。万が一子どもができなかった場合、美緒を何年も縛りつけるわけにはいかないと、彼女の将来を考えて盛り込んだ内容だった。

でも正直に言えば、子どもができなかった場合のことは、あまり深刻に考えていなかった。

二人とも健康だし、年齢的にもそれほど大きな不安はない。だからすぐにでも授かれるような気がしていたのだ。

「子どもができなかったら、美緒はどうするだろうなー……」

「どうするって？」

「子どもがほしくて結婚したんだから、できなかったら考えるだろ、いろいろ」

芝崎は絶対に離婚を考えたくないけれど、美緒はどう思っているのか。

このまま子どもができなければ、いずれ彼女は契約書どおりに離婚を考えるのだろうか。

おばあちゃんっ子の彼女は、祖母に絶対曾孫の顔を見せたいと思っているはずだ。普段は前向きな美緒が、予定どおり月経を迎えるたび、心配になるほど落ち込んでいる。

最近妻は、身体を重ねたあとで腹に手を当てることが増えた。そして「今度こそ授かれるといいんですが……」と、不安そうに言うのだ。

美緒のその姿を見ると、すぐに子どもができないことが申し訳なくなる。

そして、何度でも思い知らされるのだ——彼女にとって、これは本当に子づくり目当ての結婚なのだと。

「まあ絶対逃がさないけどな。いっそ子どもができるまで閉じ込めて……いや、子どもができなくても閉じ込めて……」

「こわいこわい、心の声漏れてる……！」

晴海が一瞬本気で引いた顔をして、バーボンのグラスを出してくる。

芝崎は物憂げにそのグラスを受け取った。一度離婚の文字がちらつき始めると、なかなか目の前から消えてくれない。

「そういえば、あの女はどうなったの？　篤志の元婚約者」

晴海の言葉に、芝崎はますます気が滅入《めい》った。稲城礼華のことも今、話がいろいろと拗《こじ》れているのだ。

「離婚はもう決まりだな」

「えー、でも子どももいるよね。親権争いとか揉めそう」

「いや、むしろどちらも子どもを引き取りたくないと言っている。だから子どもはどちらかの祖父母に育てられることになると思う」

礼華との婚約を解消したあとも、父親同士の仕事上の繋がりは細々と続いていた。

今も大型プロジェクトが水面下で動いており、芝崎の父と礼華の父は、しょっちゅう顔を合わせているようだ。

父親経由で礼華が離婚することを聞いたとき、芝崎は困惑した。

いや、離婚のことは別にいい。他人同士が夫婦として暮らすのだ、いろいろあるだろう。

でも礼華たちは、どちらも子どもを引き取る気がないという。てっきり大切に育てていると思ったのに、彼女は自分が産んだ子どもにまったく関心がなく、育児はもっぱらシッターが担っていたのだ。

稲城社長は娘かわいさに幾度となく生活費を援助していたが、それでも生活は苦しく、礼華はさっさと子どもを手放したいと言っていたらしい。あまりにも身勝手な発言に、芝崎は心底呆れていた。

「子ども、篤志が引き取ったりしないよね？」

「まさか。そんな義理はない」

「だよね、もう美緒もいるしね。泣かせないでね、美緒のこと」

「分かってる」

礼華の子どもの話は、芝崎にとって気が重かった。

あれだけ揉めたのだ、礼華にもその子どもにも、もう二度と関わりたくない。でも彼女はともかく、子どものことまで知らん顔をするのは、やはり寝覚めが悪かった。

美緒も子どものことをずいぶん気にしていたのだ。きちんと育てられていると聞いて、心からホッとした表情だった。

おそらく美緒は、礼華の子どもと自分の生い立ちとを重ねている。

だから今、子どもが両親から持て余されていることを知れば、美緒は胸を痛めるはずだ。今後の方針がきちんと決まるまで、礼華の離婚のことは美緒の耳に入れたくなかった。

妻のことを考えながら酒を飲んでいると、メッセージアプリの通知が入った。ディスプレイに表示された名前を確認し、思わず顔をしかめる。

「面倒だな、今さら……」

礼華たちのことなど心底どうでもいいのに、何だかんだとあてにされるのが本当に迷惑だ。こんなことは一日も早く片をつけ、妻との今後のことだけを考えていたい。

芝崎はうんざりしながらグラスの酒を飲み干し、席を立つ。今日も結局、遅くまで帰れそうになかった。

◇

「あれ、社長。お戻りになってたんですね」

社長室に皐月が入ってきて、美緒は顔を上げた。

夜は店舗スタッフと面談の予定になっていたが、延期してほしいという申し出があったので、オフィスに戻ってきたのだ。

手があいたときに片付けておきたい事務仕事は山ほどある。今のうちに手をつけてしまおうと、タブレットを開いたところだった。

「ちょうどよかったです、戻ってきてくださって」

「何かあった？　今ならゆっくり時間取れるけど」

「いえ、社長にお客様がいらっしゃってて。お知らせしようか迷ったんですが」

「お客様？」

スケジュールアプリの中身を思い浮かべるが、来客の予定などなかったはずだ。それにベテラン社員の皐月は、アポのない相手を無駄に取り次ぐことはない。

首を傾げていると、皐月はそっと声をひそめた。

「例の方です。社長の従兄」

「……やだ、また来たの？」

「ちょうどビルの前で会ったので、オフィスの中にはご案内せず、下のカフェに突っ込んでおきました」

「さすが。ありがとう」

応接スペースに居座られたら面倒だし、これから事務仕事を片付けたい。社内には入ってほしくない相手だ。有能な部下の機転がありがたかった。

「でも、皐月に嫌な思いをさせたよね。ごめん」

「お役に立てたならよかったです。あのクソ男……いや、社長のご親戚ですよね、すみません」

「あんな身内で恥ずかしいわ。本当にごめんね」

さっぱりした気性の皐月は気にしていないようだが、根が真面目な美緒は胃が痛い。大切な社員に対して、亮はいつもどおり横柄な態度を取ったのだろう。

「話をされますか？　それとも追い返します？」

「また来られても面倒だし、今のうちに話してくるわ。すぐ切り上げてくるから」

「何かあったら呼んでくださいね」

心配そうに見送る彼女に笑顔を見せ、美緒はビルの一階にあるカフェへと向かった。

――さっさと帰ってもらわなくちゃ。本当に迷惑。

祖母の家に住むという目論見が白紙になり、美緒と結婚することもできないと分かった今、もうここに用はないはずだ。

できることなら、相手にせず無視したい。

でも万が一、社員や会社に危害を加えられても困る。それに亮は、また何か突拍子もないことを企《たくら》んでいるかもしれないのだ。まるっきり無視するのもどこか不気味だった。

美緒は苛立ちを隠し、カフェで亮の姿を探した。

夕方の店は学生やサラリーマンで混雑していて、八割ほどの席が埋まっている。

亮は何も注文しないまま、店の奥にある席を占領していた。一緒にお茶など飲みたくないが、仕方なくコーヒーを注文して、美緒は嫌々彼の前に座る。

「ねえ、何の用なの？」

「遅いよ、待たせすぎだろ。あの生意気な社員に今すぐお前を呼べって言ったのに、伝言聞かなかったのか？」

「文句があるなら来ないで、こっちは忙しいの。それで、用件は？」

ぴしゃりと言えば、彼も不機嫌そうな表情になった。

「お前、本当に結婚したんだな」

「おかげさまで」

「すごいよなー、旦那も社長じゃん」

亮はニヤニヤと嫌な笑みを浮かべる。

二ケ月ほど前のパーティーで、彼は夫と顔を合わせている。亮が祖母の家に住むと言い出したときだ。

まだ美緒の結婚を知らなかった亮は、自分と結婚して祖母の家に住めばいいなどと言っていた。そして夫に追い払われる形で、美緒の前から慌てて去ったのだ。もしかしたら、そのときのことに文句でも言うつもりで、わざわざここまで来たのだろうか。

そういえば芝崎は、「お前の父親や祖母から、彼女には絶対に近付かないようにと何度も言われているはずだ」と言っていた。その言葉どおりなら、亮が美緒の周囲をうろつくのは、祖母たちに禁じられているはずではないのだろうか。

――どうしてそんな話になったのか分からないけど……どうせ近付くなって言われても、亮さんは聞く耳持たないだろうしね……。

半ば呆れて従兄の姿を眺めていると、彼はよれよれのバッグから数枚の写真を出して、テーブルに放った。

「心配なんだよ、お前の旦那。新婚なのに、他の女とこそこそ会ってるじゃん。こんな男と結婚して大丈夫なのか?」

「……は?」

予想外のことを言い出した亮に、美緒は何を言っているのかと顔をしかめる。

つまらない憶測だろうと思ったのだ。他の女というのは、どうせ仕事関係の相手か何かだろうと。美緒も夫も、仕事で異性と接点を持つことなどいくらでもある。いちいち咎《とが》めていたら仕事にならない。

でも写真に写っている二人の姿を見て、美緒は言葉を失った。

写真の女性には見覚えがあったのだ。思いがけない人物――礼華だ。

――篤志さんが、礼華さんと会っている……? もう何の関係もないって言っていたのに?

彼女との婚約関係は最悪の形で終わっていて、それから五年以上経った今、礼華と会う理由はないはずだ。過去の話をしていたとき、芝崎は本当に疲れた表情だった。当事者である礼華と、今も会っているとは考えにくい。

それとも、いまだに何らかの形で関わりがあるのだろうか。

写真には、ホテルに入っていく二人の姿が、何枚か角度を変えて撮られていた。美緒も見覚えがある、有名ラグジュアリーホテルのエントランスだ。

夫が浮気などするはずはない。

そう思ってはいても、肩を並べてホテルに入っていく二人の写真に、胸がざわざわする。

美緒は動揺を隠し、テーブルに散らばった写真をまとめた。何の関心もないという表情で、亮にそれを突き返す。

「暇なの？　わざわざ夫の周囲を嗅ぎ回って」

うまく冷ややかな声を出せてホッとした。

そして、彼は一体何が目的なのかと不審に思った。

いくら無職で暇でも、わざわざ従妹の夫を追いかけ、他の女性との写真を撮って揺さぶりをかけてくる理由が分からない。たとえ芝崎が浮気をしていたとしても、それを美緒に知らせてくるメリットは何だろうか。

冷ややかに見つめる美緒に、亮は大袈裟に肩をすくめて見せる。

「そんなに警戒しなくてもいいだろ。お前が旦那の浮気も知らないとかわいそうだから教えてやったただけだよ。ただの親切心」

「ご忠告ありがとう。でも今後一切、そういう気遣いは不要なので」

「本当にかわいくないよなー。旦那も、お前よりこの女のほうがいいんじゃないの？　どうせ子どももいないんだし、別れれば？」

子どものことを言われ、美緒はひそかに傷付いた。

たしかに子どもはまだいない。ほしいけれどできないのだ。

亮の言葉にさえいちいち傷付いてしまう自分は、ずいぶんナーバスになっているのだろう。美緒は小さくため息をつく。

「余計なお世話。忙しいから仕事に戻るわ、もう来ないで」

「いや、いいこと思いついたんだよね。もし浮気の証拠があれば、旦那から慰謝料《いしゃりょう》がっぽり取れるんだろ？」

「……慰謝料？」

「浮気の証拠を集めるのは協力するからさ、慰謝料もらって俺とお前とで分けようぜ」

機嫌よく笑っている亮の顔をまじまじと見つめる。呆れて何も言えなかった。

まあ、ブレないといえばブレない発言だ。従妹の結婚を知った亮は、何らかの形で金を取れないかと考え、夫の周囲をウロウロしていたのだろう。相手も会社経営者だ、何か弱みを握れば、それをネタに金を引き出せるとでも思ったのかもしれない。

どう考えても浅はかで、心底ばかばかしい計画だが、遊ぶ金を得るためなら彼は何でもするのだ。そういう愚かしさも、母が思い出されて苛立った。美緒は黙ったまま立ち上がる。

でも次に亮が口にした言葉に、一瞬足が止まった。

「この女、子どもを連れてたよ。あれ、お前の旦那の子だろ？」

「違います」

「いや、絶対そうだって。見たら分かるよ、そっくりじゃん」

「……」

「子どもが本当の父親と暮らせないの、かわいそうだと思うよ。お前だって父親いなかったんだから、気持ちは分かるだろ」

思わず何か言い返しそうになり、口をつぐむ。もうこれ以上相手にする必要はない。

楽しそうに笑う従兄を放置し、美緒はカフェを出る。

あんな男と対等にやり合わずに済んでホッとしていた。でも美緒の心の中は、決して穏やかではなかった。

彼女の子どもは芝崎の子ではない。そのことははっきりしている。

だから、「お前の旦那の子」という発言はどうでもいい。「そっくりじゃん」という言葉も。どうせ美緒を動揺させたいだけの、亮の妄言だ。

でも、芝崎が礼華と会っていたことは間違いない。元婚約者と——それも、揉めに揉めたはずの元婚約者と、再び会っていたのはなぜなのか。

芝崎のスケジュールはだいたい把握しているが、礼華と会うことは聞かされていなかった。妻に内緒で、元婚約者に会う。そこには何となく嫌なものを感じる。

——浮気……？　いやいや、絶対ありえない。

二人が入っていったのは誰もが知っているような有名ホテルだし、手を繋いでいたわけでも寄り添っていたわけでもない。父親同士の付き合いもある彼女とは、何か家絡みの繋がりが残っている可能性もある。

夫の交友関係に、もちろん口出しするつもりはない。つまらない揺さぶりをかけてきた亮に動揺させられるのも癪《しゃく》だし、彼の言うことより夫のことを信じるのは当たり前だ。

それでも、芝崎が自分の知らないところで元婚約者と会っていたことに、小さな胸騒ぎを感じてしまう。

美緒は小さく首を振り、オフィスに戻る。

信頼で結ばれたいと言って結婚した彼が、軽々しく妻を裏切るとは思えない。夫のことは疑いたくなかった。

帰ったらさっさと芝崎に事情を聞いてしまおうと思いながら、美緒は不愉快な従兄の話を思考の隅に追いやった。

◇

亮と会った数日後、美緒は寝不足のまま出社していた。

芝崎はあの日、深夜に帰宅した。そしてそのまま、翌朝早く出張に行ってしまった。

だから結局、亮から見せられた写真のことは夫と話し合えないままだ。そろそろ年末の繁忙期だ、互いに忙しいのは仕方がない。

「できれば話をしたかったんだけどなー……」

礼華と会っていたのは、きっと何か理由があるはずだ。聞いてしまえば何ということもない、ささやかなこと。それを夫の口から聞いて、早く安心したかったのに。

一日すっきりしない気分で働き、美緒はめずらしく早めに会社を出る。

夫は今夜出張から戻ってくる予定だ。

食事の約束があるので帰宅は遅くなるというが、今日は金曜日。週末はゆっくり一緒に過ごすことになっているので、話す時間はいくらでもあるだろう。

——久しぶりに晴海くんのお店に行こうかな。でもちょっと疲れているし、妊活中はお酒も飲めないし、早く帰って休んだほうがいいかな……。

美緒は迷いながら駅へと向かう。

ちょうど帰宅時間帯に重なって、駅近くの道は人通りが多かった。美緒も周囲に流されるようにして、ゆっくり駅まで歩いていく。

歩道のない道で、路肩に停まっている車が通行の邪魔になっている。スポーツタイプの派手な外車。美緒もその車をよけようとしたとき、「星川さん」と呼び止められた。

知らない女性の声に振り向き、驚いた。そこにいたのは稲城礼華だったのだ。

「こんばんは。以前、パーティーでお会いしましたよね」

「……私に何かご用でしょうか」

ゆっくり近付いてくる彼女はニコニコしているが、やはりどことなく敵意を感じる。

美緒はひそかに警戒しながら、こちらに歩いてくる礼華を見つめた。

「少し話したいんですが、いいですか？」

通行人の多さが気になったのだろう、彼女はすぐそこの狭い路地を指さす。

ビルとビルの隙間にあるじめじめした路地で、礼華は強い口調で切り出した。

「私が篤志さんと婚約していたこと、ご存じですよね？」

「知っています」

「じゃあ話が早いわ。あなたは彼と結婚されているようですけど、今すぐにでも別れていただきたいんです」

身勝手な言い分に驚き、美緒はその綺麗な顔を見つめた。

芝崎と礼華との婚約が白紙になったのは、彼女の裏切りが原因だったはずだ。自分で婚約をぶち壊しておいて、五年も経ってから再び現れ、元婚約者の妻に別れろと迫る。うすうす気付いていたが、ちょっと理解できない思考の持ち主だ。

ここで待ち伏せしていたということは、おそらく美緒の会社もすでに把握しているはず。芝崎と別れろと言うために、わざわざ美緒のことも調べたのだろうか。その執念はどこか不気味だし、法的にきちんと芝崎の妻になっている自分が別れろと言われる理由もない。

何だか最近、面倒な相手に絡まれてばかりだ。

美緒は小さくため息をつき、きっぱりと言った。

「私は夫と別れるつもりはありません」

「……は？」

「あなたと篤志さんの婚約が解消されたのは、お子さんができたからだと聞いています。どうぞ夫のことはもう構わず、産まれたお子さんを大切にしてください」

美緒の言葉に、礼華は一瞬不快そうな表情を見せる。

でも彼女はすぐに嫌な笑みを浮かべた。

「そんなことを言うなら、当然子どもの父親を返してくれるわよね？　息子は篤志さんの子なんだから」

「それはあなたの嘘ですよね」

「嘘なわけないでしょ。どんな作り話を聞かされてるか分からないけど、見たら分かるわよ、この子が誰の子か」

礼華が身を翻し、先ほどの通りに戻った。

彼女はヒールを鳴らして赤い外車に近付く。そこに停まっていた派手な車は、礼華の乗ってきたものだったらしい。

――見たら分かる……どういう意味……？

彼女の言葉を信用するつもりはなかったが、先日亮に言われたことも思い出し、美緒は胸騒ぎがした。亮も「あれ、お前の旦那の子だろ？」と言っていたのだ。「見たら分かるよ、そっくりじゃん」と。

車のドアを開けた礼華に促されるまま、後部座席をのぞく。

そこには五歳くらいの男の子が眠っていた。

ぐっすり眠る子どもは、目を覚ます気配はない。よく眠っているなと微笑ましく思ったが、その顔をよく見て驚いた。

「……え？」

美緒は頭が真っ白になった。子どもの寝顔を、ついまじまじと見つめる。

――篤志さんに、似てる……？

幼いながら、目鼻立ちの整った子だ。芝崎の子どものころはきっとこういう顔だっただろうと思わせる、彼をそのまま小さくしたような顔。

いや、美緒は子どものころの夫を写真で見たことがある。

義母が食事の席に持ってきた、デジタルフォトフレーム。あのとき見た子どものころの芝崎と、同じ顔をしているのだ。

「この子は……」

「やっと分かった？　篤志さんの子どもよ」

礼華は勝ち誇ったように腕を組み、高圧的な口調で言う。

すぐには信じられなかった。芝崎はたしかに、礼華には指一本触れていないと言っていたはずだ。彼の言葉どおりなら、礼華とのあいだに子どもができるはずはない。

——でも、それならこの子は？

呆然としている美緒の前で、車のドアが閉められる。

それでも、美緒の脳裏にはくっきりと焼きついていた。芝崎に瓜二《うりふた》つと言ってもいいほどよく似た、子どもの顔が。

「大志《たいし》っていう名前なの。大きい志って書いて、大志」

礼華は得意げに子どもの名を明かす。

彼女が言いたいことは分かった。息子の名前には、芝崎の名前から一文字もらっている。そのことを主張しておきたかったのだろう。

「大志と篤志さんと、早く三人で暮らしたいの。まさか他の女と結婚するとは思わなかったけど……割り込んできたのはあなただから、さっさと別れてね」

「……」

「ああ、もう行かなきゃ。篤志さんと会う約束があるの。そろそろ待ち合わせの時間だわ」

礼華はうれしそうにホテルの名前を挙げる。そのホテルの名前には覚えがあった。亮の写真に写っていた、あのホテルだ。

夫は今日、食事の約束があるとメッセージを送ってきた。

まさかその相手は、礼華なのだろうか。もしかしたら、これまでにも何度もこういうことがあったのだろうか。

「……どうして？」

走り去る車を見送りながら、ポツリと呟く。

呆然としている美緒の横を、駅へと向かう人たちが次々に追い越していく。美緒は何も考えられないまま、しばらくそこに立ち尽くしていた。


そのまま二人のマンションに帰る気にはなれなかった。

気がつけば、美緒はいつもと違う路線の電車に揺られていた。

混雑した車内で、車窓に映る自分の顔をぼんやりと眺める。表情の抜け落ちたようなその顔に、自分が受けたショックをまざまざと実感した。

やがて北千住駅で電車を降り、祖母の家へと続く道をとぼとぼ歩く。

以前、芝崎と手を繋いで穏やかな気分で歩いた道。でも、今日は一人だ。夜風の冷たさが染みて、美緒はトレンチコートの前をかき合わせる。

――勢いで決めた結婚だったけど……それなりにうまくいっていると思ってたんだけどな。

祖母の家に着き、茶の間に座り込む。

やさしく「おかえり」と迎えてくれる祖母も、「落ち着くんだよ、お祖母様の家」と笑った芝崎も、今はいない。

侘《わび》しい気持ちになりながら、自分のためだけにお茶を淹れた。飲めれば何でもいいと適当に淹れたお茶は、ひどく熱くて苦い。

「もしかしたら、心配かけちゃうかな……」

明日は土曜なので、このまま祖母の家に泊まっても構わない。

結婚してから今まで、実家に泊まったことは一度もなかった。変に思われるかもしれないと思いつつ、芝崎と暮らすマンションに帰る気にもなれない。

美緒はメッセージアプリを起動し、祖母の家に泊まると、夫にメッセージを送る。

でも礼華の言葉を信じるなら、芝崎は今彼女と一緒にいるのだ。

わざわざ祖母の家にいることを知らせなくてもよかったかもしれない。……妻がどこで何をしていようと、今はそんなことに関心はないかもしれない。

つい後ろ向きな思考になりそうで、慌てて首を振った。

何もかも、思い込みや嘘かもしれないのだ。夫を疑うのはまだ早い。

「一体、何が起こってるの……?」

ここ数日、立て続けにいろいろなことがあり、美緒も混乱していた。状況を整理しようと、努めて冷静に今までのことを思い返す。

まずは数日前、亮が美緒のオフィスにやってきた。

彼が持ってきたのは、ホテルに入っていく芝崎と礼華の姿を撮った写真。

美緒の夫が会社経営者であることは、祖母か叔母から聞いたのだろう。亮は「もし浮気の証拠があれば、旦那から慰謝料がっぽり取れる」と言っていた。遊ぶ金ほしさに何でもする亮は、何か弱みを握れば金になると、芝崎をつけ回していたのかもしれない。

そして偶然、芝崎と礼華を写真に撮った。

あれだけで浮気だの慰謝料だのという話に持っていくことはもちろんできないが、妻を動揺させることには成功した。腹立たしいことに。

——二人が会っていた理由は分からないけど……。婚約解消のときは揉めたし、子どもの父親は自分ではないと、篤志さんははっきり言っていたし。

芝崎は、礼華との婚約自体が形だけのものだったと言っていたはずだ。

いずれ婚約を解消するつもりだったので、礼華には指一本触れなかった。そして彼女と他の男性とのあいだに子どもができ、婚約解消に至った。それが夫の説明だった。

一方礼華は、大志が芝崎の子であることを主張している。

彼女の言い分を考えれば、以前のパーティーで敵意を向けられたのも納得がいく。礼華にとって美緒は、子どもの父親を奪った憎い女という立ち位置なのだろう。

「でも、信頼できる女性だとは思えないんだよね……」

婚約解消の経緯を聞いた限りでは、礼華の言い分は信じられない。そしてもちろん、夫の言葉を信じたい気持ちもある。

それでも、美緒の知らないところで二人が会っていたのも、間違いなく事実なのだ。

——何より、あの子……本当に篤志さんにそっくりだった。

礼華には指一本触れていないという夫の言い分は信じたいが、それなら大志の存在をどう説明するのか。

大志はどう見ても芝崎と血の繋がりがある。

おそらくそれは、美緒の思い込みではないだろう。

礼華は「見たら分かるわよ、この子が誰の子か」と誇らしげに言っていたし、亮も「あれ、お前の旦那の子だろ?」と言った。彼は適当な妄言を口にしたのだと思っていたが、他人である亮の目から見ても、芝崎と大志は瓜二つだということだ。

「篤志さんの、子ども……」

美緒も夫の子どもがほしかった。

早く授かりたくて、でもまだできなくて、心底落胆していた。

そんな矢先、「篤志さんの子どもよ」と勝ち誇ったように言われたことは、かなりの衝撃だった。夫によく似た男の子。何か美緒には隠されている事情があって、大志は本当に芝崎の息子だという可能性も、ゼロではない。

――万が一、あの子が本当に篤志さんの子だったら……？

そんなはずはないと思いながらも、大志の寝顔を思い出すと、罪悪感でいっぱいになる。自分はあんなにかわいい子から、父親を取り上げてしまったのだろうか。

大志が夫の子どもなら、芝崎が美緒と結婚している理由はなくなる。父親として礼華たちと一緒に暮らすべきだし、大志をそのまま家の跡継ぎにすればいいことだ。わざわざ美緒と子づくりのための結婚生活を続ける必要はない。

そう思うと、苦しいほどに胸が痛んだ。

美緒の目から、ボロボロと涙がこぼれる。

こんなときだというのに、夫のことを本当に好きになっていたのだとつくづく実感した。彼と離れなければいけない可能性を考えると、涙が止まらない。

「嘘、ついてないよね……？」

夫がこんな大切なことで嘘をつくとは思いたくない。

美緒は冷たい水で顔を洗い、冷静に考えた。芝崎の子どもではないという可能性も当然ある。他の男性が父親である可能性。たとえば彼の兄、従兄……その他の親戚も含めて。

「電話は……話せないのかな、今は」

さっき送ったメッセージは未読のままだ。

どうするべきかと迷っていると、玄関から物音がした。美緒はハッと顔を上げる。

——おばあちゃんか、叔母さん……？　それとも……まさか、篤志さん？

今日ここに来ていることは、祖母には連絡していない。知っているのは芝崎だけだ。

そんなわけはないと思いながらも、ドキドキしながら玄関へ向かう。

でも、もしかしたら夫が来てくれたのかもしれないなどと思った美緒は、心底がっかりした。引き戸を開けて入ってきたのは、亮だったのだ。

「あれ、なんでお前がいるの？」

今は会いたくなかった相手だ。いや、普段から会いたくはないけれど。

亮の顔を見ると、嫌でも写真のことを思い出す。

芝崎と礼華が、一緒にホテルに入っていく姿。二人は今日も、あのホテルで会っているのかもしれないのだ。

美緒は沈んだ気分を押し隠し、努めて冷静な声を出す。

「亮さんこそ、どうしてここに？」

「俺、よくここで飲んでるから」

「え、飲んでる？」

「そう。うちにいるとババアたちがうるせーし」

あからさまに嫌そうな顔をした美緒は無視して、彼は大きな音を立てて玄関の引き戸を閉め、だらしなく靴を脱ぎ散らかして茶の間に入っていく。

慣れた様子で上がり込む亮を、美緒は慌てて追いかけた。

まさか亮が来るとは思っていなかった。こんなところで顔を合わせるなんて……それも平然と家に上がるなんて想定外だ。

「ここにいること、おばあちゃんは知ってるの？」

「いや、ババアには言ってないけど。でもお袋は分かってるよ、毎日のようにここの片付けに来てるし」

「おばあちゃんから、この家には出入り禁止だって言われてたよね？」

「あんなの時効だって。大昔の話じゃん」

亮はケロッとした顔で言うと、「ほら、お前も飲めば」と、冷蔵庫からビールを出してくる。

そのビールを見て、ふと思い出した。そういえば、以前芝崎と一緒に掃除に来たとき、冷蔵庫いっぱいのビールに違和感があったのだ。

「それ、全部亮さんのビール？」

「うん。遠慮しないで飲んでいいぞ、どうせ少なくなったらお袋が買い足すし」

彼は祖母に出入り禁止だと言われたことなどまったく気にしていない様子で、茶の間でビールを飲み始めた。

よく考えてみれば、通院や服薬を続けていた祖母が、家で晩酌などするわけがない。祖母が入院中だったときから、亮はいつもこうして上がり込んでは好き勝手していたのだろう。そして叔母が片付けに来ていたのだ。

このことを、祖母はきっと知らない。

自分が出入り禁止にした孫が勝手に上がり込んでいると知れば黙っていないはずだから、叔母が祖母にはうまく隠しているのだ。

叔母と従兄の身勝手さに腹を立てながら、美緒は狭い台所の様子を確認する。

まさかと思ったとおり、今日は台所が散らかっていた。

「もー、散らかさないでよ……！」

思わず苛立った声が出た。さっきお茶を淹れたときにはぼんやりしていて気付かなかったが、土間の隅には飲み終えたビールの缶が山になっていたのだ。

飲みっぱなしで洗ってもいないようで、ツンとした匂いが漂っている。食べ終えたコンビニ弁当の容器もそのまま放置されていてゾッとした。

祖母の入院後、何度か掃除に来ているが、こんなに散らかっていたことはない。だから亮が入り浸っていることには全然気付かなかった。気付かれないよう、普段は叔母がこまめに片付けているのかもしれない。

「なんでこんなに散らかってるのよ……おばあちゃん、もうすぐここに帰ってくるんだからね」

「まだ帰ってこないって。腹立つよなー、俺がここに住むつもりだったのにさ」

「ここはおばあちゃんの家でしょ、勝手なこと言わないで」

「缶とかそのまま散らかしておいていいぞ、どうせお袋が片付けに来るんだし」

「私が嫌なの！」

今すぐ帰りたいが、このままでは虫が湧くかもしれない。これだけ片付けたら帰ろうと、美緒はイライラしながら空き缶を洗う。

当然手伝う気もない亮は、冷蔵庫から二本目のビールを出した。

片付けは母親任せ、ビールが足りなくなればそれも母親が買い足す。一体どれだけ甘やかされているのか。

誰か性根を叩《たた》き直《なお》してくれたらいいのに、母親は甘やかす一方だし、父親も手こずっているらしいから、一生このままなのかもしれない。こんな男と親戚なのが、本当に腹立たしい。

「ちゃんと綺麗にしておいてよね、特に水回りは」

「はいはい、分かったって」

「散らかすならもうこの家には入らないでよ、絶対」

「分かった分かった」

美緒は流し台に立ち、ブツブツ言いながら手早く洗い物をした。

さっさとビールを飲み干した亮が、ニヤニヤと品のない笑みを浮かべて近付いてくる。背を向けている美緒は、彼の様子に気付かないままだった。

第七章

出張から戻った芝崎は、食事の約束をしているホテルへと向かっていた。

このホテルに呼ばれるのはこれで三回目だ。

自分を巻き込まず勝手にやってくれればいいのだが、「大志くんがあなたに一番懐《なつ》いているから」と頼まれれば仕方ない。なぜ自分がと思いながらも、しぶしぶ顔を出している。

――まあ、大志のことはやっぱりかわいいんだよな。

大志に関する話となれば、芝崎も無関心ではいられない。できるだけあの子にとって最良の形で話をまとめてやりたいとは思っている。

中途半端な形にしたくない理由には、美緒のこともあった。

両親の愛情に恵まれなかった妻は、礼華の子どもに自分の幼少期を重ねている。彼女を安心させるためにも、今後についての結論はきちんと見届けたい。

芝崎はタクシーを降りてエントランスに入ったが、その場ですぐに足を止めた。

ピアノの生演奏が流れるロビーに、派手な服装の女性が座っているのが見える。間違いない、礼華だ。

「篤志さん！　よかった、お待ちしていました」

「……稲城社長は」

「今、篤志さんのお父様とお話ししています」

「では私もそちらに伺います」

腕にまとわりついてくる礼華を避け、足早にエレベーターホールへと向かう。「待ってくださいよ、もう」という拗ねた声は無視した。

誰のせいでこんなに面倒なことになったのか、分かっているのだろうか。

五年前は子どもができたと大騒ぎし、そして今、子どもはもういらないと大騒ぎしている。その身勝手さに、芝崎の苛立ちは募るばかりだ。

礼華の視線は無視し、黙ったままエレベーターを待つ。

でも彼女は芝崎の神経を逆撫でするように、最悪なことを言い出した。

「私ね、奥様にお会いしたんです」

「……は？」

「篤志さんと別れてほしいって伝えて、大志の顔も見せました。そしたらあの人——」

「おい、ちょっと待て」

芝崎は、久しぶりに頭に血が上るのを感じた。

——美緒に会った。大志の顔も見せた……？

それを聞いただけで、芝崎は何が起こったかだいたいのところを察した。……美緒が今、どんな気持ちでいるのかも。

舌打ちし、再びエントランスへと戻る。

もう今日の約束はどうでもいい。妻のことしか考えられなかった。

「あ、ちょっと……！　待ってください、篤志さん！」

礼華の慌てた声が追いかけてくるが、そのまま再びタクシーに飛び乗る。

スマホを開くと、予想どおり美緒は自宅には戻っていなかった。メッセージアプリには一件の新着。「おばあちゃんの家に泊まります」という短いメッセージに、美緒の混乱と悲しみがにじんでいるようで、胸が痛む。

芝崎が美緒の実家に初めて行ったのは、九月のことだった。

それ以来美緒は、実家に行くときはいつも芝崎を誘うようになった。「おばあちゃんがいない家に、一人で行くのはさびしくなっちゃって」と小さく笑う美緒に、どこか頼られているような、甘えられているような喜びを感じたものだ。

でも今日、彼女は夫抜きで祖母の家に向かっている。

その行動に明確な拒絶を感じて、芝崎は焦った。

——絶対美緒に勘違いされているはずだ。早く誤解を解かないと。

迎えにいくと返信し、何度か電話もしてみる。でも、美緒からの反応はなかった。

礼華はきっと、大志の顔を見せつけ「篤志さんの子どもよ」とでも言ったのだろう。その様子を想像すると、最高にイライラする。

それと同時に、美緒が受けた衝撃はどれほどのものだったかと思い、頭を抱えた。

妻は子どもがほしいと切望していた。そして授からなかったと分かるたび、かわいそうなほど落胆していた。子づくりを始めたといってもまだ数ヶ月、芝崎としては焦るような段階ではないと思っていたが、美緒はずいぶんナーバスになっていたのだ。

そんな中、実は夫に子どもがいるなどと聞かされたときの衝撃は、どれほどのものだったか。

改めて礼華への怒りを感じる。そして、大切な妻とあんな女とを接触させてしまった、自分自身への怒りも。

夫と離婚することが決まった礼華は、芝崎との再婚を望んでいるらしい。

ついさっき、ホテルに向かうタクシーの中でそれを聞かされたとき、芝崎は唖然としたのだ。電話をかけてきた母も憤《いきどお》っていた。

「失礼な話よね。あれだけ大騒ぎして婚約を解消しておいて」

「私と結婚したいと、本当に彼女が言っていたんですか？」

「そうよ。あの方やっぱりどこかおかしいんじゃないかしら。今さらあなたと結婚したいだなんて……こうなったからには、当然篤志と結婚なんてできないのに」

普段はのんびりしている母が、めずらしくプリプリ怒っている。

芝崎は頭痛がした。今さらまた、礼華に不快な思いをさせられるとは想定外だったのだ。ため息をつき、芝崎は母にきっぱりと告げる。

「分かっていると思いますが、大志が気の毒だから顔を出すだけで、私は金輪際《こんりんざい》あの女とは関わりませんよ。今日限りにしてもらいますから」

「もちろんよ。美緒さんにも迷惑がかかると悪いし、私もあのお嬢さんとは関わりたくありません。さっさと話をまとめましょ」

元婚約者との再婚。何の冗談かと思ったが、美緒に接触して嫌がらせをしたところを見ると、礼華本人は本気でそれを望んでいるのだろう。

当然、まったく相手にする気などないが。

芝崎としては、早々に話をつけて礼華を排除するつもりだったのだ。大志の前からも、もちろん美緒の前からも。

そのつもりで、稲城社長にも釘《くぎ》を刺してあった。

娘の行動を制限し、きちんと監視下に置くこと。万が一、自分や妻に不用意に接触することがあれば、今後の付き合いを考えるということ。

それが稲城社長との約束だったはずだが、礼華が美緒にも自分にもやすやすと近付いてきたところを見ると、どうやら親子揃って状況が分かっていないらしい。

「まあ、それならそれでいいか……」

車窓の景色を眺める芝崎の眼差しは冷ややかだ。

約束を反故《ほご》にしたことは、近々必ず後悔させる。でも今は、そんな連中のことは心底どうでもよかった。

——美緒は実家に一人でいるだろうか。もしかしたら、お祖母様が一緒にいるという可能性もあるか……？

いまだに美緒からの返信はなかった。

誰もいない祖母の家で美緒が一人泣いていたらと思うと、タクシーが到着するまでじっとしていられない。

芝崎は一瞬迷ったが、美緒の祖母に電話をかけた。

彼女はすぐ電話に出たが、外にいるようだ。朗らかな声の後ろに、オフィス特有のざわめきが聞こえる。

「お祖母様、もしかしてお仕事中ですか？」

「ええ、久しぶりに会社に顔を出したの。今日はすっかり調子がよくてね」

「そうですか……あまり無理をなさらないでください」

「ありがとう、あなたもね。お仕事忙しいでしょう。美緒も元気かしら」

「……はい、元気です」

もしかしたら泣かせてしまったかもしれないとは言い出せず、苦しい声になる。

でもこの調子だと、祖母は今日起こったことを何も知らないようだ。彼女のもとに、美緒からの連絡はないらしい。

冷静に考えてみれば、美緒のことだから、祖母に心配をかけるようなことはしないだろう。

そのことにようやく思い当たり、芝崎は自分の慌てぶりに苦笑する。

「お祖母様はまだ叔母様の家にいらっしゃいますか？　それとももう、ご自宅に戻られたんでしょうか」

「まだ娘夫婦の家にいるわよ。でももう帰るつもりなの」

「何かあればお手伝いしますから、おっしゃってください」

平静を装って会話していたが、内心焦燥が募っていた。祖母の家には誰もいない。やはり美緒が一人さびしく過ごしているのだと思うと、胸が痛む。

早く誤解を解いて美緒を連れて帰りたいと考えていたそのとき、祖母は思いがけないことを言い出した。

「ありがとう。でもまずは、自分のうちをちゃんと片付けないと。亮がずいぶん散らかしているみたいでね」

「……亮さんが？　お祖母様の家にいらっしゃるんですか？」

「うん、私も今日知ってびっくりしたのよ。私が留守だからって、勝手に上がり込んで好きにしているみたいで。娘に、本人に片付けさせるように言っておいたから、今日あたり少しは手をつけていると思うけど……本当にだらしのない子でね、困っているのよ」

祖母はため息をついたが、後半部分は芝崎の耳には届いていなかった。

亮が祖母の家にいるかもしれない――美緒が一人で向かった、その家に。

それを聞いて、嫌な予感に全身が総毛立った。

亮が祖母の家に出入り禁止になっていることは、芝崎も晴海から聞いていた。祖母や父親から、美緒には近付かないよう言われていることも。

でも芝崎は、その理由までは聞かされていなかったのだ。

先日晴海の店で飲んでいるとき話題にしたら、彼は顔をしかめた。

「あー、それね。あいつ、子どものころから美緒のこと狙ってたから」

「……は？」

「一応あいつも孫だからさ、ばあちゃんの家に自由に出入りできたわけ。それで、美緒が一人のときばっかり狙って家に来るから、ばあちゃんが心配して出禁にしたんだよね」

亮は年下の従妹に意地の悪いことばかり言っていたが、それはいわゆる好きな子ほどいじめたくなるというもので、実は美緒にほのかな恋心を抱いていたのだ。

でも美緒は従兄に苦手意識を持ち、少しずつ距離を取るようになった。

頑なな美緒の態度に亮の初恋は拗れ、ずいぶん長く引きずっていたようだ。

あるとき父親が、息子のパソコンから美緒の画像を見つけた。大量の画像は隠し撮りしたものばかりで、父親と祖母を大いに不安にさせた。

それで、何か間違いがある前に二人を引き離したほうがいいと、亮を遠方の親戚のところへ行かせることになったのだ。亮はあちこちから多額の借金をしていたので、それを父親が肩代わりしてやるという条件をつければ、彼もしぶしぶながら引っ越しに応じた。

その亮が、東京に戻って働きたいと言い出したのは昨年末のことだ。いつになく働く意欲を見せ、まとまった金を稼ぎたいと言った放蕩息子に感動し、父親も東京に戻ることを許した。

でも結局、亮はなかなか仕事が決まらず、ふてくされて就職活動を途中で投げ出した。今は昔のようにだらしのない暮らしぶりで、父親を悩ませている。

ろくでなしだと聞いてはいたが、本当にろくでなしだ。

なぜそんな男が美緒の従兄なのかと、芝崎はため息をつく。

「それでも何年かは美緒と引き離せたから、よかっただろうね。従兄とはいえ、美緒が隠し撮りされたり待ち伏せされたりで、ばあちゃん心配してたから。もし近くにあいつがいたら、ばあちゃんも気が休まらなかっただろうし」

美緒が一人暮らしをするようになってからは、彼女の住所は叔母にも亮にも徹底して隠した。だから結婚して再び引っ越しするまで、美緒の住まいは亮に知られていなかったはずだ。

そのことを聞き、芝崎は本当にホッとした。

もし一人暮らしのマンションを亮に知られていたら、美緒はもっと危険な目に遭っていたかもしれない。

「よっぽど好きだったのかもしれないし、両思いになれば一途《いちず》で微笑ましいっていう話になるのかもしれないけど……美緒はあいつのこと嫌ってるからね。執着されても気持ち悪いよね」

「……今も美緒に執着しているのか？」

芝崎も以前のパーティーで、美緒と亮が話している場を見かけた。

話の一部しか聞いていないが、あのとき亮は明らかに妻を口説いていた。「従兄なんだから結婚できるだろ」などと言っていたことを、芝崎は忘れていない。

すでに自分の気持ちを自覚していた芝崎にとって、亮のあの発言は本当に不快だった。

見るからにチャラチャラした男なので、誰にでも言っているのかと思ったが、案外本気だったのかもしれない。そう思えば、より腹が立つ。

苛立っている芝崎に、晴海が「どうだろうね」と首を傾げる。

「でも、美緒がいきなり結婚したことは心穏やかじゃないかもね。今さらだけど、美緒のこと手に入れようとして実力行使してくるかも」

晴海にそう言われ、実力行使ということばに胸がざわついた。

だから芝崎は、亮のことは本当に警戒するようにと、改めて美緒に伝えるつもりだったのだ。

それなのに今、美緒は亮と鉢合わせているかもしれない。そう思うと、いてもたってもいられない気持ちになる。

「すみません、急いでください」

芝崎の乗ったタクシーが、祖母の家に近付いていく。運転手を急かし、落ち着かない気分で座席に身を沈める。

どうか無事でいてほしいと思いながら、芝崎はいまだ既読にならないメッセージアプリの画面を見つめ続けた。

◇

山盛りになっていた空き缶や弁当容器を洗い終え、美緒は一息ついた。

夏場でなくてよかったと心から思う。もしこれが真夏だったら、飲みっぱなしの酒の缶やそのままになっていた食べ残しからは、ものすごい悪臭がしていただろう。

「もうこの家には入らないでね。おばあちゃんの大事な家なんだから」

冷ややかに言いながら、ふと気配を感じて振り返る。

茶の間で酒を飲んでいると思っていた亮が、すぐ近くに立っていたので驚いた。不審に思っていると、彼がじりっと距離を詰めてくる。

美緒は慌てて一歩下がった。腰に感じるステンレスのシンクが冷たい。

いや、そんなことより従兄との距離が近すぎる。

相手は親戚とはいえ、こんな時間に二人きり。嫌な予感に、うっすらと冷や汗が出た。美緒は亮の脇をすり抜けようとしたが、彼に立ち塞がれて逃げられない。

「ちょっと、どいてよ」

「嫌だよ。……へー、何されるか分かってるんだ、お前。まあ人妻だもんな、旦那とヤりまくってるよな、そういうこと」

「何言って……っ」

「抵抗したほうがいいんじゃないの、ほら」

亮は非力な従妹をいたぶるように、楽しそうに目を細めている。ポケットからスマホを出し、美緒の目の前で振ってみせた。

「旦那の浮気で慰謝料取るのもいいけどさ、お前の浮気を動画に撮って売りつけるほうがおもしろいかもな」

「……浮気？」

「俺に犯されてるとこ、しっかり撮っておいてやるよ。お前の旦那ムカつくんだよね。お前のこと寝取ってやったらどんな顔するかな」

美緒はニヤニヤ笑っている亮を睨みつける。

昔から何かと意地の悪いことを言うこの従兄が、本当に嫌いだった。でもそれは、ちょっと距離を取れば気にならない程度の、小学生レベルの嫌がらせだったはずだ。

今日の亮は、様子がおかしい。

年下の従妹が気に入らなかった彼は、こちらを見下していろいろ暴言を吐くことはあった。でも犯すとか寝取るとか、そんなふうに言われたことは今までなかったのに。

美緒はじんわりと汗ばんだ手で、シンクのふちを握る。

何かにすがっていないと、怖くてくずおれそうだった。

完全に油断していた。この従兄の軽薄さは分かっていたのに、嫌がらせとはいえ自分に手を出すとは思っていなかったのだ。

「私相手にそんなことしても、何の得もないけど」

「お前の旦那に動画売りつけたらいい値段になると思うよ。あ、お前も買うよな。社長として成功してるのに、変な動画が出回ったら困るだろうし」

「……最低」

美緒は唇を噛んだ。本当に最低な男だ。こんな人間が唯一の従兄だなんて、自分はとことん血縁関係に恵まれなかったのだと、ため息をつきたくなる。

──絶対にそんなことさせない。何とかここから逃げなきゃ。

礼華の言葉に動揺させられ、もしかしたらと一瞬夫を疑った。そして一人、実家に帰ってきてしまった。

でもこうして人間のクズのような従兄と対峙していると、芝崎がいかに清廉な男性であるか、しみじみ実感する。

夫は誠実でやさしい人だ。絶対に嘘はついていない。

心から確信し、たまらなく彼に会いたくなる。

絶対に無事で芝崎のもとに帰らなければ。そう思っていると、亮が苛立った口調で言った。

「お前が悪いんだよ、あんな男とさっさと結婚するから」

「亮さんには関係ないでしょ」

「は？　関係あるだろ。俺はお前のこと、」

亮が何か言いかける。

でも続きを言うより早く、玄関で大きな物音がした。引き戸が壊れそうな勢いで、ガタガタと音を立てる。

「うわ、何だよ」

「……あ……鍵、開けたまま……」

そういえば、突然やってきた従兄に驚いて、玄関の鍵をかけ忘れたかもしれない。

何にせよ助かった。亮が玄関のほうを振り返った隙に、美緒は彼の腕をすり抜けた。

「美緒！」

茶の間に息を切らした芝崎が飛び込んでくる。妻の姿を見つけると、思いきり抱きしめた。

それは、苦しいほどの抱擁だった。こんな状況なのに、もうすっかり馴染んだ夫のぬくもりにホッとする。美緒もしっかりとその逞しい身体にしがみついた。

「篤志さん……！」

「美緒……無事でよかった……」

今夜、彼は礼華と会っていたのかもしれない。

でもそれも、きっと何か事情があってのことだ。何よりこうして、美緒を案じてここまで来てくれた。

やさしく力強く抱きしめてくる腕のぬくもりに、さっきまで抱いていた小さな猜疑心《さいぎしん》が全部溶けてなくなっていく。美緒はすがるように夫の身体を抱き返した。

「何もされてない？」

「大丈夫です……篤志さんが来てくれたから、大丈夫」

でも、もし夫が来てくれなかったら、どうなっていたか分からない。そう思うと、今さらながら膝が震える。

妻のその様子に、芝崎の表情が抜け落ちた。

亮が苛立ったように美緒の肩に手をかけようとしたが、夫はその手を力いっぱい叩き落とした。

「妻に触るな」

「……っ、お前……」

「今日のことはそのうち死ぬほど後悔させてやる。さっさと消えろ」

やさしく抱きしめられている美緒でさえゾッとするような、冷ややかな声だった。

殺気を向けられた亮は、舌打ちをしてそそくさといなくなる。

玄関の引き戸が乱暴に閉められる音がして、家の中に静寂が戻った。もとのままの、安心するなつかしい実家だ。

「本当に大丈夫？　震えてる」

「ちょっと……怖くて……」

「よし、やっぱりあいつ殺そう」

「だ、駄目ですよ……！」

めちゃくちゃいい笑顔で物騒なことを言っている。美緒は慌てた。

「でもすみません、心配をかけて」

出張帰りで疲れていたのに、ここまで来てくれた。すごく助かったが、夫を振り回してしまって申し訳ない気持ちだ。

彼の腕の中で見上げると、芝崎は妻の無事を確かめるようにゆっくりと白い頬を撫でた。その眼差しは、本当に心配そうに曇っている。

「心配したよ。あの従兄といるかもって思ったら、気が気じゃなかった」

「すみません……」

「いや、俺のせいだ。稲城礼華にも会ったよな？」

芝崎の言葉に、一瞬緊張した。勝ち誇ったように言われた「篤志さんと別れてほしい」という言葉と、夫にそっくりな彼女の息子。

今はもう夫の子どもだという言葉は信じていない。

でも不快な相手と対峙した疲れは、身体の奥にじんわりと残っていた。

「結論から言うと、大志は俺の子どもじゃない。嫌な思いをさせて、本当に悪かった」

はっきりと言う芝崎の言葉に、静かに頷いた。

すでに美緒も冷静になっている。夫の言葉だけを信じようと、心から思えた。

「ゆっくり話したい。うちに帰ろう」

差し出された手を取り、二人のマンションに帰るための身支度をする。

今日は帰りたくないと思っていたはずなのに、もうわが家が恋しい。実家に泊まりたいという気持ちは、綺麗になくなっていた。

「今日あの従兄と何があったか聞きたい。そのことはお祖母様に報告する。心配していたから、晴海にも。それでいいね？」

「祖母たちには私から話します。心配をかけて本当にごめんなさい」

これまで亮には数々の嫌がらせをされてきたが、いくら何でもエスカレートしすぎだ。

美緒は芝崎の妻で、いずれ彼の子どもを産みたいと思っている。もう自分一人だけの身体ではないのだ。危険な相手は遠ざけておかなければと反省しながら、夫とともに祖母の家を出た。

マンションに戻ってシャワーを浴び、芝崎が淹れてくれたカフェラテを飲む。

バスローブのまま彼と並んでソファに座ると、気分が落ち着いた。

やっぱりこの家が自分の帰ってくる場所だ。この居心地のいい場所も、やさしい夫も、手放すことは絶対できない。

コーヒーの香りに癒やされながら、美緒はしみじみ思った。

「婚約解消の話をしたとき、稲城礼華の結婚相手について話をしそびれただろう」

「そうでしたね。聞いておけばよかったなと思いました」

「きちんと話さなかった俺が悪い。断片的な情報ばかりになってしまって、申し訳なかった」

芝崎の親族のパーティーで、礼華と遠目に顔を合わせた。

彼女と夫との婚約解消について聞かされたのはその夜のことだ。あのとき、揉めに揉めた婚約解消のことを思い出したのか、芝崎は疲れ切った表情だった。

彼はたしかに、子どもの本当の父親について説明しようとしたのだ。それなのに、あまりにもつらそうな様子を見ていられず、「もういいです」と美緒が遮ってしまった。

その場で話を聞いていれば、礼華に何を言われても動じなかったかもしれない。

今度こそ全部聞こうと、美緒は夫の言葉に耳を傾ける。

「大志の父親は、俺の兄貴だ」

「お義兄様《にいさま》……そうですよね。血は繋がっているだろうなと思いました」

芝崎の言葉に、美緒は驚かなかった。

他人の空似というには無理がある。それくらい大志と芝崎とは似ている。

夫の子どもでないのなら、他に大志の父親の可能性がある人物は誰だろうと、いろいろ考えていたのだ。芝崎によく似ているという兄や従兄。もしかしたら、それ以外の親戚という可能性もあるのではと。

正直、兄という線はないかなと思っていた。

婚約中、他の男性に心動かされ、関係を持ってしまう。そこまではまあ、分からなくもない。でもその相手に、わざわざ婚約者の兄を選ぶだろうかと思ったのだ。

「どうして婚約者の兄と、って思うよね」

「……そうですね、正直」

「彼女の言い分としては、さびしかったらしい。婚約者といっても形だけで、いつまでも他人行儀で……このまま本当に結婚できるのか、不安になったと。そんなとき近くにいて、親身に話を聞いてくれたのが兄だったということだ」

以前聞いた話を思い出す。

結婚するつもりだった恋人と別れた礼華は、精神的に追い詰められていた。二十代半ばで「幸せなお嫁さん」になりたかった彼女は、どうしても結婚してほしいと何度も芝崎に迫ったという。でも婚約解消を前提にしていた芝崎は、彼女の願いを叶えることはなかった。

そんな心の隙間を埋めるように、婚約者の兄と関係を持ったのだろうか。

一人の男性と結婚の約束をしていながら、他の男性とも深い関係になるというのは、美緒には理解できない感覚だ。それも、婚約者の兄と。

兄も兄で、自分の弟が婚約している相手と、一体どういうつもりで関係を持ったのか。絶対にあとからゴタゴタすると、ちょっと考えれば分かりそうなものだが。

それは揉めただろうなと、ため息をつきたくなる。

義両親が兄の話をするとき、微妙な表情だったのも納得だ。次男の婚約者を寝取り、子どもを作った長男。芝崎家にとってはもちろん黒歴史だろう。

「稲城礼華は、俺じゃなくて兄貴と結婚してもいいと思ってたみたいだな。どっちでもよかったんだと、あとから言っていた」

「え、そんなことあります……？」

「二人とも社長の息子で、顔も似ている。収入も悪くない。まあ彼女にしてみれば、どちらも合格ラインだったそうだ」

「合格ラインって。むしろスペックが高すぎますよ」

図々しい言葉に、美緒は思わず憤る。

非常識な行動で婚約者を裏切っておきながら、ひどい言い草だ。

「どちらかというと、兄貴に気持ちが傾いていただろうね。俺は本当に形だけの婚約者だったし。兄貴は俺と険悪だったから、婚約者である彼女を誘惑してやろうと、甘いことを散々言っていたらしい。彼女もよそよそしい婚約者である俺より、兄貴のほうがいいと思ったんだろう」

でも、いざ子どもができると、兄の態度は豹変《ひょうへん》した。

子どもを産まれても困る、結婚する気などない。

困惑したように言われ、礼華はパニックになった。今さら結婚しないと言われても困る。腹にはすでに子どもがいるのだ。

そこで、彼女はふと思いついたのだろう。

兄が駄目なら、予定どおり弟と結婚すればいいのでは、と。

「そこがよく分からないんですよね……明らかに二人の子どもではないのに、そんなにすぐばれる嘘をつくなんて」

「妊娠のことをまだ周囲に隠していたころ、彼女は俺と何とか関係を持とうと必死だったよ」

「もう妊娠しているのに？」

「妊娠しているからだ。一度でも抱かれてしまえば、お腹の子どもは俺の子だと言い張れる。避妊に失敗したと主張されれば、俺も認めるしかなかっただろう」

「そんな……」

もしその誘惑に負けて手を出していたら、芝崎は子どもの父親にされていたのだろう。兄の子である大志は、実際には甥なのに、わが子として育てることになってしまったはずだ。

たしかに顔は似ているし、周囲も疑わなかったかもしれない。

でも当然やってはいけないことだ。

礼華の倫理観は一体どうなっているのか。今さらながら憤りがこみ上げる。大切な夫が礼華と結婚することにならなくてよかったと、美緒はしみじみ思った。

「篤志さんが関係を持とうとしなかったから、彼女は困りましたよね？」

「そうだね。このままでは子どもを押しつけることはできない。でもお腹の子どもはどんどん成長していく」

「それで、芝崎さんの子どもだという嘘を……？」

「外堀さえ埋めてしまえば、なし崩しに結婚することになると思ったのかもしれないね。実際、彼女の両親は妊娠が分かると、すごい勢いで入籍を急かすようになったし」

「ご両親としては、そうかもしれませんが……」

娘が婚約者の子どもを妊娠したと言い出したのだ。当然娘の両親としては、一日も早く入籍するようにと言うだろう。

以前パーティーで会った、稲城社長の顔を思い出す。

人はよさそうだと思ったが、あの礼華の父親なのだ。娘かわいさに、毎日のように結婚を急かしてくる様子を想像し、美緒も思わずげんなりした。

「両親と一緒にプレッシャーをかけ続ければ、あっさり結婚すると思っていたのかもしれないな。でもあいにく俺は、信頼関係ゼロの相手と結婚できるほど酔狂な人間じゃない」

稲城家のやり方に閉口した芝崎は、ひそかに証拠を集めた。

腹の子は、婚約中に他の男に身を任せた結果、授かった子どもだと。子どもの父親は自分ではなく、兄だと。

ようやく礼華の嘘を暴いたときには、芝崎は心からホッとしたのだ。

「もちろん弟の婚約者に手を出しておいて、妊娠が分かっても結婚しないと言い張った兄貴も悪い。少なくとも、子どもに対してはもっと誠実であるべきだったのに」

うちの長男もクズなんだと、夫がため息をつく。

自由人でいつもフラフラしていて、亮とどこか似ているらしい。だから亮を見ているとイライラするのだと、芝崎はうんざりした表情で言った。

「お義兄様とは、あまり仲がよくなかったんですよね？」

「そうだね。兄貴は昔から、面倒なことを人に押しつけて好きなことばっかりやってたな。それでいて、弟のほうが優秀だと言われるのは我慢できなかったらしい。弟の婚約者に手を出したのも、俺への対抗意識があったからだと言っていたし」

子どもの父親が、実は兄だった。

それが明らかになると、当然兄は両家の親から入籍を急かされ、礼華としぶしぶ結婚することになった。でも結局、二人の結婚生活は数年しか続かなかった。

兄は離婚の話し合いにもまともに向き合おうとせず、結局初孫のことを放っておけない両家の祖父母が首を突っ込み、全員で今後の相談をすることになった。芝崎も、大志に懐かれているという理由で、その場に巻き込まれている。

今は家族総出で話し合いの最中だ。

それなのに兄は、まるで他人ごとのようにぼんやり聞いているだけ。

そんな状況に付き合わされるのはばかばかしく、芝崎も知らん顔をしていてもいいのだが、大志の今後が気になって同席していた。

「そういえば、お義兄様の名前って」

「聡志《さとし》。うち、みんな似たような名前なんだ。男の子には志の字を入れたがるから」

「……ああ、それで」

礼華の息子の名前は大志だ。

芝崎の名前から一文字もらったことをアピールしていたが、よく聞いてみれば何のことはない、芝崎家の男性にはよくある名前だったらしい。

「それでって？　どういうこと？」

「大志くんの名前……礼華さんは、篤志さんから一文字もらったと匂わせていたので」

美緒が、大志は芝崎の子どもだと思い込むように……もしかしたら本当に夫の子どもかもしれないとダメージを受けるように、わざわざ子どもの名前を明かしたのだろう。

夫にそっくりな顔立ち、夫の名前と一文字違いの名前。

実際に美緒は、夫の子どもかもしれないと思ってしまった。

それを聞いて、芝崎が舌打ちする。そんな姿は見たことがない。礼華のしたことに、夫はかなり苛立っているらしい。

「何があったのか説明してもらっていい？　あの女と、それから従兄と」

芝崎にそう言われ、ここ数日起こったことを、詳しく説明する。

すべて聞き終えた芝崎は、顔を覆って大きなため息をついた。

「すみません……篤志さんのことをちゃんと信じていたら、あんなに不安になることもなかったはずなのに」

冷静になってみれば、亮や礼華のいうことに惑わされた自分が心底情けない。

子どもができなくて落ち込んでいたところにこんなふうに揺さぶりをかけられて、思った以上に動揺させられてしまったのだ。

「いや……もっときちんと話をして、大志のことも君に知らせておくべきだった」

「大志くん、これからどうなるんでしょうか。お義兄様たちが離婚したら、礼華さんと二人で暮らすんですか？」

「兄貴たちは、どっちも子どもは引き取らないと言っている」

もう隠しても仕方ないと、芝崎は淡々と事情を話す。

夫の言葉に、美緒は目を見開いた。

礼華の車の後部座席で、気持ちよさそうに眠っていた大志を思い出す。あんなにかわいらしい子を、両親とも引き取るつもりがないというのか。

美緒はどうしても大志に自分の幼少期を重ねてしまう。あの子が今後どんなふうに生きていくのか、気がかりだった。

「じゃあ大志くんは……」

「今のところ、うちの両親が育てることになりそうだな。稲城社長も引き取りたがっているけど、稲城礼華は今後も何だかんだと実家に寄生するつもりだろう。愛情のない母親としょっちゅう顔を合わせるのは酷だし、経済的にもうちのほうが安心だ」

「……そうですか」

礼華は最初から子どもに関心がなく、芝崎の兄が子育てに関わることもなく、大志の世話はほぼシッターの仕事だったという。

それを聞いて、美緒はため息をついた。

両親のもとを離れて祖父母と暮らしていると、かわいそうだと言われることもよくある。でも両親に育てられることが幸せだとは限らない。

美緒自身も、母親に捨てられ、祖母に育てられた。

今でもそれでよかったと思っている。いわゆる毒親だった母に育てられていたら、人並みの暮らしも進学もできなかったはずだ。

大志も礼華と暮らすより、芝崎の両親に育てられたほうが幸せかもしれない。

義両親はめいっぱいの愛情を注ぎ、孫を大切に育てるだろう。かつて祖母が、美緒にそうしてくれたように。

「大志くん、幸せになれるといいですね」

「うん。大志のためになるように話をまとめるし、俺も関わっていくつもりだ」

「私にも、何かお手伝いができることがあったら言ってください」

礼華のしたことは許されないが、大志に罪はない。

あの子のことは、何となく他人とは思えなかった。夫によく似た顔立ちの、自分と同じように親から疎まれてしまった子。幸せになってほしいと、心から思う。

「礼華さん、もしかしたら篤志さんに未練があるのかなと思ってたんですけど」

「俺と再婚したいって言ってたらしいよ」

「え……」

思わずモヤッとする。芝崎とすぐに別れろと言っていたのはただの嫌がらせではなく、本当に彼の妻の座を狙っていたのだろうか。

思っていることが顔に出たのか、宥《なだ》めるように頭を撫でられる。

そのまま抱き上げられ、芝崎の膝の上に収まった。彼の妻の定位置。もう絶対に手放したくない場所だ。

「そんなこと、本気にするわけないだろ。俺には美緒がいるし」

「……でも、私たちはただの友情結婚で」

礼華のことは、もう何の憂いもない。

それでも、愛し合って一緒にいる夫婦ではないという事実が、今さらながら重かった。愛されていないと分かっているから、亮や礼華の揺さぶりにあんなにも動揺してしまったのだ。

礼華とはありえないとしても、いつか夫に大切な人が現れたら。

このまま、二人のあいだに子どもができなかったら。

すでに結婚しているとはいえ、不安は尽きない。彼への好意を自覚するまでは、失いたくないと思うこともなかったのに。

でも、芝崎の腕の中で目を伏せた美緒に、彼は静かな声で言った。

「もうひとつちゃんと言っておきたいことがある。俺は、美緒が好きだよ」

「……え？」

「最初は、ただの家族でいいと思っていた。子育てのための、よきパートナーになろうと。でも一緒に暮らしているうちに、女性としての君にも惹かれた。時間がかかってもいい、ただの友情結婚だなんて言わずに、俺のことを一人の男として見てくれないか」

夫の言葉に、美緒の頭の中は真っ白になった。

すぐ近くで美緒を見つめる夫の眼差しは真剣で、目を逸らすことができない。

――篤志さんが、私を好き……？

何を言われたのかうまくのみ込めず、美緒は混乱する。

だって、恋愛感情はいらないと言われたのだ。結婚前に、はっきりと。

「あの……本当に……？」

すぐには信じられない。自分たちのあいだには、間違いなくそんな感情はなかった。

だからこそ、美緒も打ち明けられなかったのだ。どんなに彼に惹かれても、それは不毛な感情だと思っていた。

でも芝崎は、戸惑っている美緒にしっかりと頷いた。

「本当だよ。君を愛しているし、君に愛されたい」

「……っ」

「できれば美緒も俺を愛してくれないか。俺は君と、きちんと愛し合う夫婦になりたい」

芝崎の言葉に、美緒の目からほろりと涙がこぼれる。

たしかに言われた。愛しているし、愛されたいと。

一度溢れた涙はなかなか止まらず、白い頬を濡らし続けた。芝崎がそれをやさしく指先で拭ってくれる。

「ただ跡継ぎを産んでほしいわけじゃない。君がほしいんだ。子どもができてもできなくても、美緒と生きていきたい」

「わたし……私も。篤志さんとずっと一緒にいたい」

思い切って口にすれば、蕩けるような笑みを向けられる。やさしい口づけが落ちてきて、強く抱きしめられた。

「それは、美緒も同じ気持ちだっていうことでいい？」

「……はい。私も、篤志さんが好……えっ、ちょっと……！」

羞恥に目を伏せ、やっとのことで打ち明けた気持ちは、最後まで言わせてもらえなかった。勢いよく抱き上げられ、慌てて彼の首に腕を回す。

芝崎は美緒を抱いたまま、コツンと額を合わせてきた。

夫の浮かべる笑みは甘い。自分の言葉が彼を幸せにしているのだと思うと、幸福感で胸の奥がきゅうっと疼いた。

「子どもはほしい。でもそれより、今はただ美緒を抱きたい」

ストレートな口説き文句に、思わず照れてしまう。でもうれしかった。美緒も同じ気持ちだったから。

彼を見つめ、そっと唇を重ねる。

美緒から口づけるのは、これが初めてだ。驚いている夫に、はにかんだ笑みを向ける。

「朝まで一緒にいてくれますか？　今夜だけじゃなくて、これからもずっと」

「もちろん。君はもう、俺の妻だ。一生離さないよ」

今度は夫からの口づけが落ちてきた。一度だけでなく、何度も。

愛情を感じるキスは幸福の味がする。

すでに夫婦となり何度も身体を重ねているのに、まるで初めて交わす口づけのように、それはたいそう甘いキスだった。


照明を絞った寝室でベッドに腰掛け、もう一度じっくりと互いの唇を味わう。

「美緒……かわいい、好きだよ」

「ん……私も、です」

芝崎は言葉を惜しまず愛を囁き、美緒の頬を撫でる。

始まりは互いに都合のいい結婚だったし、身体を重ねる行為は子どもを得るための手段でしかなかった。

それなのに、今は子づくりとは関係なく、夫とただ愛し合いたい。

そんなふうに二人の関係が変わったことが何だか不思議で——そして、うれしい。

「ん……ぁっ……」

彼が慈しむように触れるたび、小さな喘ぎが漏れる。

髪や頬、うなじや背中。今までだって何度も触れられたはずなのに、今夜は芝崎の指が身体を掠めるだけで、ひどく感じた。

「……っ、んっ……は……っ」

「美緒……」

やわらかく重なった唇から、肉厚な舌がするりと入り込んでくる。

彼の舌先に上顎をくすぐられ、舌の裏や喉奥まで探られる。

思わず切なげな吐息を漏らすと、口内の隅々まで貪ろうとする舌がいっそう官能的な動きになり、美緒を翻弄した。

「んっ……ふ、ぅ……っ」

「もっと舌出して」

「は、ぁっ……あ、あっ……んんっ……」

そろそろと差し出した舌はあっというまに厚い舌に搦《から》め捕られ、ちゅくちゅくと音を立てて愛撫される。混じり合う唾液をこくりと飲み干すたび、媚薬《びやく》でも飲まされているように頭の中がぼんやりしていった。

濃密なキスに酩酊《めいてい》感を覚えて唇を離すと、トロリと欲情した眼差しにぶつかる。

自分も今、こんなふうに蕩けた瞳になっているだろうか。気持ちが通じた今、早く夫のすべてがほしい。

ふわふわしている美緒の様子を見て、彼がふっと笑う。

やさしく頬を撫でられて、幸せな気分になった。

「愛してるよ、美緒」

「私も……篤志、さん……」

何度でも言いたいし、名を呼びたい。荒い呼吸の合間に、甘く夫の名前を呼ぶ。

ぐっと息を詰めた彼が、美緒をシーツに沈めた。

いつもは脱がせる過程さえ焦らしながらゆっくり進める芝崎が、今日は性急な手つきだ。バスローブの胸元が開かれ、熱のこもった視線が美緒の肌に注がれる。

「透けてる。綺麗だね、これも」

妻の下着姿を見て、芝崎は目を細めた。

シースルータイプの黒い下着は、ブラのカップ部分やショーツが透け感のある薄布のみなので、肌がほんのり透けている。立体的な刺繍が施されていて肝心な部分は見えないが、女性の白い柔肌が透ける下着は上品ながら艶やかで、社内でも好評だった商品だ。

芝崎は視覚でも楽しむように、美緒の下着姿を見つめる。

夫の指が、たっぷりとした胸の膨らみに触れた。薄布越しに透ける白い肌を見つめながら、その輪郭を指先でゆっくり辿っていく。

「ん、ぁ……っ、は、んっ……」

「ここ、触られるだけで感じる？」

「ち、がっ、ああっ……篤志さん……っ」

薄布越しに、彼が豊かな胸を撫で回す。

その指に尖りを摘まれる刺激も、舌で嬲られる快感も知っているのに、芝崎はただ膨らみの輪郭を愛でているだけだ。

まだ愛撫ともいえないような穏やかな触れ合いに、もどかしさが募る。

もっと触ってほしくて、熱いため息がこぼれた。

「あ、あっ……も、おねがいっ……あああっ！」

涙目でねだると、刺繍の上から胸の先をピンと弾かれる。急に与えられた愛撫がたまらなく気持ちよく、美緒は悲鳴じみた声を上げる。

「気持ちいいね。ここ、もう硬くなってる」

「待っ、あ、んんッ……や、あ……っ」

「は、いい反応……めちゃくちゃ感じてるな、今日」

楽しそうに笑った芝崎が、浅めのカップをずらして胸の尖りを露出させた。全然触られていないのに、そこは赤くぷっくりと膨らんで、健気《けなげ》に彼の愛撫を待っている。

ブラの布地に押し上げられた胸が、淫らに形を変えて夫を誘う。

小さく喉を鳴らした芝崎が、美緒の胸元に顔を埋めた。

「綺麗だよ、美緒」

夫は掠れた声で囁き、欲情を露わにしながら胸の先を食んだ。

舌先で先端を捏《こ》ねられると、甘い喘ぎが止まらなくなる。

「は、んっ……あっ……きもち、い……っ」

「ん……いっぱい気持ちよくなって」

「あ、もう、やめ……っ、あ、ああっ！」

きつく吸い上げられて、あまりの快感に思わず背中が浮いた。

おかしくなりそうなのに、美緒の反応を楽しんでいる芝崎は愛撫の手を緩めようとしない。ねっとり舐めては甘噛みされ、やさしく立てられる歯の刺激にぞくぞくした。

「はぁ……っ、あ……んっ……んんっ！」

いやらしくしゃぶられている側とは反対の胸は、やわやわと揉まれている。

長い指が沈む豊かな膨らみは、自分の目にもひどく淫らに見えた。

乾いた手のひらが、わざと先端を擦るように押しつけられる。すっかり敏感な尖りをすりすりと擦られるたび、大きな嬌声が上がった。

「んっ、あ……っ、は、ん……ッ！」

「足開こうか、美緒」

「え……？　……あ、やだ、見ないでっ……」

膝裏に手をかけた夫が、すらりとした足を左右に開く。

ショーツに覆われた秘部はすでに濡れそぼって、可憐《かれん》な刺繍をぐっしょりと湿らせているのが自分でも分かった。

大きく広げられた花弁が、彼の焦げつくような視線に晒される。

羞恥と期待で、そこがひくりと震えた。トロトロと溢れる蜜が、またショーツを濡らす。

肌触りのいい薄布のショーツは、もう散々濡れて気持ち悪いほどだ。それを脱がせてから、夫は美緒の足をもう少し大きく開かせた。

「ああ、かわいいな……」

愛おしげな笑みを浮かべ、芝崎がそこに顔を埋めた。

熱くぬめる舌が、花弁をゆっくりと舐め上げる。

何度されてもこの愛撫には慣れない。感じすぎるのは恥ずかしいのに、訳が分からないほど乱れ切ってしまうのだ。

美緒は必死でシーツを掴んで、強すぎる愉悦の波に備える。でも夫の巧みな愛撫の前には、そんなものは何の意味もなかった。

「あっ、ん……ッ……ふ、ぅっ……」

「声、我慢してる？」

「んん……っ」

「ふーん、まあいいけど。我慢されると、無理矢理にでも出させたくなるな」

芝崎が意地の悪い笑みを浮かべる。羞恥のあまり声を我慢したことは、逆に夫の嗜虐《しぎゃく》心に火をつけてしまったらしい。

やさしかった舌遣いが一転、美緒を追い立てるものに変わった。感じる部分をめちゃくちゃに舐め回されて、美緒は喘ぐことしかできない。

「ひあ、あ、ぁっ……や、もう、篤志さん……！」

「ん……こんなにダラダラ濡らして……」

「あっ、ん、んっ！　は……っ、もうだめ、だめッ……！」

「なんで？　気持ちいいくせに」

ぐじゅっと音を立てて、彼の指が蜜洞に埋まる。二本一度に押し込まれても、散々慣らされた身体はもう痛みを感じることはなかった。

むしろ最初からいいところをくちくちと弄られ、的確な愛撫に腰を揺らしてしまう。

綺麗な指が、浅いところにある部分をくちゅくちゅと撫で始めた。美緒はいやいやと首を振ったが、夫は笑みを浮かべているだけで全然やめてくれない。

「篤志さん、それ……っ、や、出ちゃうからっ……」

「出せばいい。気持ちいいんだよな？」

「や、本当にっ……んっ……汚れちゃう……っ」

感じやすいところを指の腹で執拗に擦られ、美緒は必死で身を捩った。

何か出てしまいそうな、トイレを我慢するようなこの感覚には覚えがある。とても恥ずかしいこと——そして、夫をとても喜ばせてしまうこと。

「そんな気持ちよさそうな顔で嫌がっても、絶対やめないけど」

「や、だっ……あっ、本当に出るからっ……」

「いっぱい出していいよ、ほら」

「あっ、あ……ッ、駄目、出るっ……あああっ！」

敏感な花芽が舌先でぐっと押し潰され、美緒はあっさり達した。同時にさらりとした液体がパシャッと溢れるのを感じる。

一度それを出してしまうと、止まらなかった。

指でいいところを押されるたび、二度三度と溢れさせてしまう。

「やだ……私……」

美緒は絶頂の余韻に震えながら唇を噛んだ。

恥ずかしいものではないと聞かされても、勢いよく溢れたものが夫の顔を濡らすのは、さすがに羞恥で泣きたくなる。

でも芝崎は満足げに濡れた口元を舐め取った。——まるで、妻にそれを見せつけるように。美しい男の上目遣いに目眩がして、美緒は頬を染める。

「美緒……もう挿れていい？」

彼が身を起こし、自身の熱杭を蜜口にあてがった。

トロトロに蕩けた身体は夫にされるがままで、凶悪なほどに膨らんだ先端が押し当てられると、それを歓迎するように花弁がうねる。

緩く腰を揺らされるたび、ぐちゅぐちゅと淫らな水音が聞こえ、身体の奥が疼いた。

美緒も早くほしくて、こくこくと懸命に頷く。

「ん……当てるだけで気持ちいい。誘ってる？」

「そんな、こと……んっ、あ……っ」

「かわいいな……恥ずかしそうにしてるのに、ほしがってるの隠せてないし」

「や、だって……っ」

焦らすように花弁のあいだを擦られ、またトロリと蜜が溢れた。

こうして彼の熱を感じているだけで、美緒も気持ちいい。でも身体は最奥まで受け入れる快感をすでに知っている。

もどかしい気持ちで見上げると、夫はふっとやわらかな笑みを浮かべた。

愛おしそうに妻を見つめ、ぐっと腰を押し出す。

「愛してるよ、美緒。俺も君がほしい」

「私も……んっ……あああぁっ！」

美緒もふわりと笑みを浮かべたが、でもすぐに余裕がなくなった。

ずっぷりと先端が入ってきたと思ったら、そのまま一気に根元まで押し込まれる。いきなり最奥を突かれた衝撃に、目の前がチカチカした。

「あっ……あ、んっ……」

「は、軽くイった……？」

「んッ……だめ、まだイって……あ、ああっ……」

絶頂に身を震わせていることは彼も気付いたはずなのに、休むまもなくゆるゆると揺らされる。

抜けてしまうギリギリのところまでゆっくりと引き抜かれて、また最奥を突かれた。

美緒は思わず甘い吐息を漏らす。自分の一番奥に、彼の先端がぐちゅっと音を立てて押しつけられる。そうされると、たまらなく気持ちいい。

「んっ、んん……は、篤志さん……きもちい……」

「うん、俺も……」

自分の形を教え込むように、緩慢に行き来する熱い楔。

いいところをじっくり抉っていくそれに、美緒は悶えた。細かい絶頂が幾度となく押し寄せ、震えが止まらない。

助けを求めるように左手を伸ばせば、しっかりと握られて恋人繋ぎになった。

快感のあまり涙目になっている視界の隅で、まだ新しい結婚指輪が目に付いた。夫と揃いの、美しい指輪。

この先も彼の妻でいていいのだと、夫に求められているのだと、改めて実感する。

心がときめくと身体も喜んで、無意識に中にいる彼をぎゅうぎゅう締めつけてしまう。

「んっ……美緒、締めすぎ……っ」

芝崎が色っぽい呻《うめ》きを漏らしながら、眉根を寄せた。快感が強いのか、彼の熱杭が美緒の最奥で嵩を増す。

貫かれたまま抱き起こされて、彼と抱き合って座る。

極太の楔が、さっきよりずっぷりと深く貫いてきた。美緒は必死で彼の首に腕を回した。

「あっ……や、これっ……」

「いいところに当たってる?」

「ん……!」

下からゆっくり突き上げられ、感じやすくなっている蜜襞を擦られた。揺らされるたびに彼のものが奥の奥まで入りこんでくる。

「や、もう……ずっとイってるからっ……」

「もっとイかせてほしい？」

「ちが……っ、ん、ぅっ……！」

ゆるゆると腰を揺らしていた芝崎が、いきなり力強く奥を突いた。急に強い快感を与えられ、美緒は思わず背をしならせる。

夫は最奥に自身の先端を押し当てたまま、ぐりぐりと腰を押しつけてくる。

そうされると妻が何度も達してしまうと分かっていて、わざと追い詰める腰つき。翻弄されてばかりで悔しいのに、絶え間なく与えられる快感に抗《あらが》えず、美緒は涙をこぼして乱れた。

「や、ぁ……っ、それだめっ、だめ……っ」

「は……そんなにほしそうな顔されたら、もう」

「ほしがってな……や、あ、んんっ」

「じゃあ、もっとほしがらせる。ほら、しっかり感じて」

「あぁっ！　や、そこはっ……！」

奥までみっちりと埋め込んだまま、彼が結合部に手を伸ばす。

限界まで押し広げられた花弁の上部にある、敏感な尖り。今触られたらおかしくなりそうなそこを、夫の指先がやさしく押し潰した。

「ここ、すっかり好きになったな。ちょっと弄るだけで中きゅんきゅんさせて……」

「あ、あ……そこ、触っちゃだめっ……！」

「すぐイっちゃうから？　いいよ、何回でもイって」

「ん、だめ、本当にだめッ……あ、あぁぁっ！」

いきなり高みに押し上げられて、全身が震えた。

蜜襞がぎゅうっとうねり、夫の射精を誘う。気持ちのいい誘惑に、彼は素直に従うことにしたらしい。美緒の身体の一番奥で、熱い欲が吐き出される。

朦朧としながら、自分の中に染み渡っていくその熱を味わった。

長く続く吐精に幸せな気持ちになる。それは子どもがほしいからではなく、たっぷりと愛されたことを実感しているからだ。

抱きしめられて、彼の胸に顔を埋める。今まで何度も身体を重ねたが、愛されていると感じながらの睦《むつ》み合いは、満足感が全然違った。

「美緒、愛してるよ」

「ん……私も愛してます」

荒い息をつきながら、触れるだけのキスを何度も交わす。

もう少し休んだらシャワーを浴びたい。そういえば夕食もまだだ。美緒はぼんやりと考えながら、芝崎の胸に頬擦りする。

でもそうしているあいだに、美緒の中に埋められたままだった彼の楔が、再び質量を取り戻す。

一度放って落ち着いたはずなのに、先ほどと変わらない圧迫感がみっちりと蜜壺を埋めた。美緒は驚いて、オロオロと夫を見上げる。

彼はまったく動じた様子もなく、その美しい顔に満面の笑みを浮かべた。

「え……篤志さん？」

「まだ終わりじゃない。あと少し付き合って、美緒」

「えっ……あ、んッ……！」

ねっとりと腰を揺らされ、先ほど大量に出された白濁が溢れてシーツを濡らす。

淫らな音を立てる秘部と再び高められていく身体に戸惑いながら、美緒はしっかりと彼にしがみついた。

一晩中、浴びるように与えられた甘いキスと、やさしい囁き。

結局この夜は明け方近くまで睦み合い、美緒は気を失うようにして眠りについた。

第八章

十二月上旬、芝崎は愛車の助手席に美緒を乗せて、福島《ふくしま》県に向かっていた。

紅葉のピークはすでに終わっているのだろうが、高速道路から眺める山々はまだ色付いている。遠方の山には冠雪も見られ、晩秋から初冬に移り変わるあいだの美しい景色が楽しめた。

目的地は裏磐梯《うらばんだい》にあるホテルだ。

標高八百メートルの自然豊かな高原にあるそのホテルは、芝崎の両親が気に入っていて、子どものころはしょっちゅう行っていた。

家族旅行になどもう何年も行っていなかったが、久しぶりに一緒に行こうと、母から芝崎に電話がかかってきたのだ。

「大志を連れていきたいのよ。ちょうど美緒さんのお誕生日も近いでしょ。私たちもお祝いしたいし、一緒に行きましょうよ」

「美緒の誕生日祝いは二人でしたいんですが」

「当日は二人でお祝いするんでしょ。そのあとならいいじゃないの、みんなでお祝いすれば。束縛ばかりする男は嫌われるわよ」

「……」

母の言葉に、芝崎は黙った。

本音を言えば、貴重な休日は常に美緒と二人きりで過ごしたい。だから正直、美緒に母の話を伝えたときには嫌々だったのだ。

「ご両親と旅行……」

「夫の両親と旅行なんて気詰まりだろう。無理しなくていいよ」

「えっ、そんなことないです。本当にいいんですか？　家族で旅行……うれしい、絶対行きたいです……！」

「……」

旅行の話をすると、むしろ美緒は目を輝かせて喜んだ。

美緒も子どものころは祖母とよく出かけたが、年を取って疲れやすくなった祖母とは、なかなか旅行にも行かなくなった。育児放棄気味だった母と旅行など、当然行ったことがない。

家族での旅行、それも大人数での旅行はとても楽しみだと、美緒は頬を上気させた。

「……分かった。じゃあ、予約しておく」

そのうれしそうな顔を見れば、二人きりがいいから断るとはとても言えない。束縛ばかりして嫌われるよりましだ。

それでしぶしぶ、両親と一緒に旅行することになったのだ。

福島には行ったことがないと、美緒はわくわくした表情で地図を眺めている。

「山の中だから、夜は星がよく見えるよ」

「わー、それも楽しみです」

楽しそうな妻の様子に、芝崎の表情も緩む。

彼女がこの旅行を楽しみにしていたことはよく分かっている。

美緒は朝からそわそわして、朝食の準備をしている芝崎に、旅行のために買ったというニットを見せにきた。車の中やホテルで一緒に食べるのだと用意してあった菓子も大量で、浮かれている気持ちが伝わった。

そんなかわいいところを見せられたら、新婚の夫がおとなしくしていられるわけがない。

結局また朝から寝室にこもることになり、予定より二時間遅れの出発になった。美緒には怒られたが、芝崎は全然気にしていない。妻がかわいいのが悪いのだ。

「篤志さんも旅行が好きでよかったです。私もよく一人旅してて」

「……一人旅」

「あ、あの……大丈夫です、今まで危険なことは何もありませんでしたし」

「そうか。ならいいけど」

美緒のようなかわいい女性が、一人旅。

絶対危険なこともあっただろうと問い詰めたい気持ちだったが、芝崎はぐっとこらえた。口やかましい夫だと思われ、嫌われたくはない。

でも内心、妻のことが毎日毎秒心配でならなかった。

美緒が従兄と二人きりで実家にいたあの日から、病的に過保護になっている自覚はあった。

それも無理はないだろう。あとから妻に聞かされた亮の行いは、本当にろくでもないものだったのだ。

「亮さんは、こっそり写真を撮っていたんです。礼華さんと篤志さんがホテルに入っていく写真を見せられて、お前の夫が浮気してるって言われました」

「……信じた？」

「一瞬……ちょっとざわざわとしましたが……」

夫の剣呑《けんのん》な表情に、美緒はそっと目を逸らした。

まあ、そのときはまだ妻への気持ちを伝えていなかったので仕方ないと、芝崎は自分に言い聞かせた。

妻を不安にさせたのは自分のせいでもある。これからじっくりたっぷり時間をかけて、こちらの愛情を伝えていけばいい話だ。

「それで？　実家では何があった？」

「えっと……」

「正直に言ったほうがいいと思うよ？」

とっておきの笑みを見せると、妻は決してこちらと目を合わせないまま打ち明けたのだ——お前の浮気動画を撮って旦那に売りつけるなどと笑っていた、最悪な従兄の言動を。

それを聞いて、あの場で亮を撲殺しておかなかったことを、本当に心から後悔した。

そして、従兄を妻から遠ざけるため、芝崎はすぐに動いたのだ。

今回のことが明らかになると、美緒の叔母は泣きながら息子をかばったが、亮の父親や祖母は当然激怒した。

「お前みたいな者は金輪際わが子とは思わん。すぐにでも出ていけ！」

亮の父親はそう言って、息子を実家から叩《たた》き出《だ》そうとしたのだ。

その場に割って入ったのは芝崎だ。

そして穏やかな口調で、ひとつの提案をした。

「亮さんは、今仕事を探していますよね？　よかったら、友人が求人を出していまして……彼の経営する店で働かせるというのはどうでしょう」

「いや、でも……芝崎さんのご友人に迷惑をかけるわけにはいきません」

晴海の店を紹介すると言えば、亮の父親は固辞しようとした。

母親はともかく、父親は常識人らしい。なかなか仕事の決まらない放蕩《ほうとう》息子に手を焼いているとはいえ、他人に迷惑をかけるであろうことを思えば、ぜひよろしくと食いつくことはできなかったのだろう。

でも芝崎はあきらめず、甘い餌をちらつかせた。

「人手不足なので助かりますよ、むしろ」

「うーん、でもなあ……」

「社員寮完備ですし、仕事もそれほど難しいことはないそうですから。社会人経験が少ない亮さんでも、働きやすいと思いますよ」

どうせ亮の父親はこの話を断ることはできないだろう。そう思ったとおり、最終的にはその申し出を受けると言われた。

亮を実家から叩き出し、美緒から遠ざけるのは決定事項だ。

でももう愛想が尽きているとはいえ、仕事も決まらないままの息子を放り出すのは、さすがに寝覚めが悪かったのだろう。

もちろん亮本人は、晴海の店を紹介するという芝崎に反発した。

ただでさえ働く意欲のない人間なのだ、ましてや芝崎や晴海の世話になどなりたくなかったのだろう。あんな奴《やつ》のところで働くわけがないだろうと、散々悪態をついていた。

でもその数日後には、死んだ魚のような目で、しばらくお世話になりますと晴海に頭を下げていた。晴海が「やさしく説得」した結果だ。

「亮さん、なんでいきなり真面目に働く気になったんですかね？　もしかして、すごく待遇をよくしてもらったとか……？」

急に手のひらを返した亮に、美緒は首を傾げていた。まったく働く気のなかった従兄が働き始めたことが、よっぽど不思議だったのだろう。

美緒の言葉に、芝崎はニッコリ笑った。

「今回のことで反省して、心を入れ替えたのかもしれないね」

「うーん……晴海くんに迷惑をかけないといいんですけど……」

どこで働いても一週間も続かなかった、怠惰な従兄だ。晴海にとんでもない迷惑をかけるのではと、美緒は表情を曇らせていた。

でも周囲の心配をよそに、亮は真面目に働き続けている——実際には「働かざるをえない」状況なのだが。

息子を溺愛している美緒の叔母は「あの子がこんなに立派に仕事を続けているなんて」と、涙を流して喜んでいた。

何度も礼を言う叔母に、芝崎は涼しげな笑みを見せた。

「晴海の店は離職率が低いですからね。みんな何年も仕事を続けていますから。亮さんのことも、任せて大丈夫かと思います」

そう伝えれば、美緒の叔母はまた感激していた。

でも芝崎は、内心冷ややかにその姿を眺めていたのだ。

――離職率が低いというよりは、「逃げられない」の間違いだけどな。

亮は今、麻布十番にあるバーのグループ店で働いている。いや、グループ店と呼ぶには雰囲気が違いすぎる卑猥な店だが。芝崎には理解できない過激な性癖を持つ男女のお相手だ。社員寮があるのも嘘ではないけれど、それは訳ありのスタッフを逃がさないための檻《おり》のようなもの。彼も働き始めてすぐに、決して逃げられないことを理解しただろう。

実は亮には、ちょっとまずい筋からの借金もある。

だからすぐにでも働かなければならず、しぶしぶ就職活動をしていたのだ。

亮には感謝してほしい。あの店で働く限り、借金を完済するまで、当面はその筋の人々のもとで行動を制限される。嫌でも借金からは逃げ出せず、完済することになるのだ。

彼を二度と美緒に近付けたくない芝崎にとっても、この状況は安心だった。

数年後にもし亮が実家に戻ってきたとしても、そのころにはしっかり性根を叩き直され、人妻に手を出そうなどという邪な思いは二度と持たないはずだ。……まあそもそも、心身ともに健康で戻ってこられればの話だが。

美緒の叔母も、せいぜい喜んでいればいいだろう。

息子がどんな仕事をしているか知れば発狂しそうだが、別にどうでもいい。彼女が子どものころの美緒に何度もつらく当たったことを、芝崎は決して許していなかった。

「篤志さん、疲れましたよね。次のサービスエリアに寄りませんか？」

隣から可憐な声がして、芝崎は笑みを浮かべた。助手席に意識を向ければ、そこには奇跡のようにかわいらしい妻がいる。最高に幸せな気分だ。

「いいね。お腹すいた？　軽く何かつまもうか」

「ソフトクリームとかいいですね。寒いかな」

楽しそうに言った美緒が、ちょっとだけそわそわする。

「あの、篤志さんの好きなもの、まだ全然知らないなと思って。お酒は好きですよね」

「うん、そうだね」

穏やかに頷きながらも、芝崎は内心悶えていた。

最近こんなふうに、美緒から嗜好《しこう》を確認されることが増えた。

でも芝崎も本当は知っているのだ。夫婦になって初めてのクリスマス、妻が夫へのプレゼントを何にするか、ものすごく悩んでいるということを。

さりげなさを装ってリサーチしてくるが、正直者の妻は全然さりげなくない。

そんなところがたまらなくかわいらしく、芝崎の頬は勝手に緩んでしまう。

「あと、何が好きですか？　うーん、甘いものとか」

「甘いものはあんまり。好きなものはかわいい奥さんだな」

「……もう、真面目に答えてください！」

嘘偽りない真実なのに、美緒はプリプリ怒っている。でもその頬も耳も赤い。怒っていてもかわいいと、こちらはニコニコしてしまう。

プレゼントはいらないと言ったら、困らせてしまうだろうか。

でも本当に、美緒がいてくれるだけでいいのだ。できれば仕事以外ではなるべく外に出ないでほしいし妻の世話は全部自分が焼きたいし、仕事以外の時間は一日中くっついていたいというささやかな願望はあるけれど。

穏やかな表情でハンドルを握る夫が実は激重愛情を抱いているとはまったく気付かずに、美緒はおいしそうな店がずらりと並ぶサービスエリアの雰囲気に目を輝かせている。

「いろいろ食べたいですね！　でもお昼が食べられなくなっちゃうかも」

手を繋ぎ、休憩がてら広いサービスエリアをのんびり歩く。

妻の手は少し冷たくなっていた。そろそろ福島だ。ここまで来ると空気もひんやりしていて、東京より寒い。

渋滞するほどではないが、土曜日のサービスエリアは混雑していた。小さな男の子がいる家族連れを見て、美緒が足を止める。

「よかったですね、大志くん。お義父様たちと一緒に暮らせることになって」

しみじみと言った言葉に、芝崎も頷く。

結局大志は、芝崎の実家で引き取って養育することになった。芝崎の両親は大志を歓迎しているし、初孫ということもあって大切に育てている。母親のもとにいるより幸せだろうという美緒の言葉は、芝崎も同感だった。

美緒と大志が会うのは今日で二度目だ。

子ども好きの美緒と物怖《ものお》じしない大志は最初から仲良くなった。大志が芝崎家でのびのびと過ごしている様子に、美緒もホッとしているようだ。

「大志くんにまた会えてうれしいです」

「大志も美緒ちゃんと一緒にどんぐり拾うって張り切ってたよ」

「うっ、かわいい……どんぐり拾います、いくらでも……！」

美緒はなかなか子どもができないとナーバスになっていたこともあったが、今は少し落ち着いている。

互いの気持ちが通じて、しばらくは夫婦の時間を大事にしようという話になっているのもあるし、仕事も多忙だ。祖母が今はすっかり元気なこともあって、すぐにでも子どもをという焦りはなくなったようだ。

「礼華さんは、これからどうするんでしょうね」

「大志のことはともかく、彼女のことまで気にしてやる義理はないよ。自分で何とか生きていくだろう」

「そうですね……」

美緒は表情を曇らせる。

大志がかわいくて仕方ないからこそ、その母親のことも気になるようだ。でも彼女のしたことを思えば、亮と同様、情けをかけてやる価値のない相手だろう。

「篤志さんと再婚するって言ってたの、あっさりあきらめましたね」

「他に恋人がいたからね」

「お義兄様と結婚してたのに……」

「相手は現地の駐在員だ。大志をシッター任せにして放置していたのは、その男との付き合いが忙しかったからだろう」

芝崎との再婚をバッサリと断られた礼華は、「それなら他の人と結婚するからいいわよ！」と逆上して帰っていった。最初から、芝崎と再婚できなければ、その恋人のもとへ行くつもりだったらしい。

でも芝崎は、すでにその男にも手を回していた。

もし礼華をかばうようなことがあれば、社内に男の席はなくなる。

しかも礼華は知らなかったようだが、相手は妻子持ちだ。

芝崎はその男が日本に残した妻子のことも調べ上げていた。礼華を選ぶのか家族を選ぶのかと問い詰められた彼は青くなり、礼華との関係を解消することをあっさりと約束したのだ。

所詮礼華は、駐在先での単なる遊び相手。当然彼には、すべてを捨ててまで礼華を選ぶほどの情熱はなかった。

「夫とは離婚、元婚約者からは絶縁を突きつけられ、現地の恋人はすでに逃げたあとだ。自業自得だけどね」

「やっぱり、大志くんはお母さんから離れてよかったですね……」

美緒がしんみりと言う。

子どもをないがしろにし、あちこちの男のもとを行ったり来たりする礼華の姿は、自分の母親を思い出させるのかもしれない。

芝崎は少し冷たい美緒の手をしっかり握る。

幼い美緒のことは守ってやれなかったが、これからはずっとそばにいられる。悲しい気持ちもさびしさも、全部あたためてやりたかった。

「大志には彼女を近付けないよ。将来、大志が自分で会いたいと言えば別だけど……もう礼華とは関わらないほうがいいだろう。あの子はもう芝崎の子だ」

「そうですね。大事に育ててあげないと」

恋人に捨てられ、誰かに寄りかからなければ生きていけない礼華は、おそらく自分の両親を頼るだろう。それは分かっているので、稲城社長にも改めて釘を刺してある。

本来なら、あれだけのトラブルを起こして婚約解消をしたのだから、そのタイミングで会社同士の取引もやめてもよかった。

それでも従来どおりの関係を保ってきたのは、芝崎の父の温情だ。

でも今回のように懲りずに不快な行動を繰り返すのであれば、こちらとしてはいつ取引停止になっても構わない。

はっきりとそう主張した芝崎に、稲城社長は顔色をなくした。

美緒にはほとんど名前だけの役員だと話したが、芝崎は父の会社でもそれなりに発言権を持っている。後継者となるつもりはないが、それでも創業者一族である役員の言葉は重い。

芝崎はゆったりと足を組み、稲城社長を見据えた。

父とそれなりに親密だからと思い上がっているようだが、こちらも慈善事業ではない。以前から目に余っていた案件がいくつもあり、すでに他の役員たちと協議してストップをかけたところだった。

芝崎家には大して痛手ではない、でも稲城社長の会社には死活問題になる事業停止。

稲城社長は、それでようやく敵に回してはいけない相手を察したらしい。

彼は平身低頭で娘のこれまでの悪行を詫び、今後一切娘の手助けはしないことを改めて約束した。父親に甘やかされ、わがまま放題だった礼華は、誰も頼ることができなくなる。そんな彼女がこれからどう生きていくのか、芝崎はまったく興味がない。

これで全部すっきりした。あとは美緒を幸せにすることだけを考えて生きていこうと、愛しい妻の肩を抱き寄せた。

ホテルで豪華な食事と温泉を満喫し、義両親からも盛大に誕生日を祝ってもらって、美緒は幸せな気持ちでいっぱいだった。

◇

こんなににぎやかな旅行は初めてだ。

夕食のあと、遊び疲れたという義両親を部屋に残し、大志を連れてホテルの外に出た。

薄暗い足元を照らしながら、照明の消えている芝生広場を目指す。大志は芝崎に抱かれているが、今日は散々外遊びをしたのでさすがにそろそろ眠そうだ。

真っ暗な芝生広場で、大志をハンモックに乗せ、足元を照らしていた懐中電灯を消す。

しばらくして暗闇に目が慣れると、頭上には満天の星が見えた。空気の澄んだ初冬の高原では、空一面に星々がきらめいている。

「わ……こんなに星が見えるんですね。露天風呂ではよく分かりませんでした」

「やっぱり、このくらい暗いところで見ないとね」

眠そうだった大志も目が覚めたらしく、「お星様ー!」と興奮した声を上げた。

東京では絶対見られないほどの星空だ。

大志も夜になったら絶対に見たいと、頑張って起きていたのだ。無事に見せられてよかったと、美緒の気持ちも和む。

「篤志くん、あれ！　あれ流れ星！」

大志が一生懸命に指さす先には、ゆっくりと動く小さな白い光がある。

飛行機のように明かりが点滅しているわけではなく、でも流れ星のようにさっと消えてしまうわけでもない。

何だろうと首を傾げていると、芝崎が「人工衛星だな」と言った。

「じんこうえいせい……」

「大志は東京からおじいちゃんのカーナビ見ながら来ただろ。あと、毎日天気予報を見てるだろ。その道や天気を調べてくれているのが人工衛星だよ。ああやって宇宙で一生懸命働いて、いろんなことを地球に教えてくれるんだ」

「へー、すごい！」

「あ、もうすぐ地球の影で見えなくなるかな。よく見ててごらん」

芝崎が大志に説明する声はやさしい。

言われたとおり、大志は熱心に小さな光を見つめ続けた。

やがて、星々のあいだをゆっくり移動していた白い光が、すぅっと消えていく。大志ががっかりしたように「いなくなっちゃった……」と言うと、夫はその小さな頭を撫でた。

「見えないだけで、宇宙にはちゃんといるよ。今もお仕事を頑張っている。他にもいるかな、探してごらん」

「ほんとだ、他にもいる！」

大志はゆっくり動く光を見つけては、飛行機だ人工衛星だとはしゃいでいる。

その無邪気な様子を微笑ましく見守っていると、不意に大志が美緒を振り返った。

「美緒ちゃん、お月様が少し小さくなってるよ」

「本当だね。このあいだ、真ん丸だったのにね」

「少しずつ小さくなって、最後は細い赤ちゃんのお月様になるんだよ」

大志が得意げに説明する。

彼は最近、義両親の買い与える絵本を夢中で読んでいるらしい。その中に月や星の絵本もあったのだろうか。

これからどんなことに興味を持ち、どんなふうに育っていくのか。

ほのぼのとした気分で見つめていると、大志が内緒話をするように小声で言った。

「美緒ちゃんのところに、もう赤ちゃん来た？」

「……え？」

唐突に言われ、美緒は戸惑った。大志はニコニコとこちらを見つめている。

「ぼく、赤ちゃんに会ったんだ。赤ちゃん、もうすぐ美緒ちゃんのところに行くからねって言ってたもん。ねえ、もう来た？」

美緒と芝崎はそっと顔を見合わせた。

夢でも見たのだろうか。それとも、小さい子どもの想像なのか。

もしかしたら、義両親の買った絵本の中にそういう話があって、影響を受けているのかもしれない。

「うーん、まだ来てないかな」

美緒は大志にやさしく言う。

子づくりを始めた直後は、なかなか授からないと焦っていた。「お子さんはまだ？」という挨拶がわりの言葉にひっそり傷付いたりもした。

でも今は、焦る気持ちはない。

夫と二人、充分に愛され満たされて幸せだし、祖母も元気だ。こうして義両親や大志と過ごすのも楽しい。

子どもはいつか縁があって授かれればと、静かな気持ちで待っていた。

「ふーん。早く来てくれるといいね」

「そうだね。楽しみだね」

「僕知ってる。美緒ちゃんのお腹に来るんだよ、赤ちゃん。そうだ、ここに来るんだよってちゃんと教えてあげなくちゃ」

小さな手が、美緒の腹をやさしく撫でる。

子どもの他愛《たあい》ない想像だとしても、赤ちゃんが「もうすぐ行くからね」と言っているところを想像すると、美緒も楽しい気持ちになった。

赤ちゃんに教えてあげているつもりなのか、大志は一生懸命に美緒の腹を撫でる。

そのかわいらしい様子に、美緒の頬も緩む。

彼の母親である礼華のことは正直今もどうかと思っているが、この子は素直にやさしく育っている。美緒にとって大志は、すでにわが子のようにかわいい存在だった。

「もし赤ちゃんが来たら、大志くんにも教えるね」

「絶対だよ。すぐに教えてね」

「分かった、約束」

「赤ちゃんが来たら、僕の妹にしてもいい？」

「妹なの？　女の子？」

「そう、女の子」

自信満々に言う大志に、思わず笑う。

どちらでもいい、男の子でも女の子でも。いずれ元気な子を授かることができるだろうか。

いつか産まれるわが子が大志と元気に走り回っている様子を想像し、美緒はやわらかな笑みを浮かべた。

眠ってしまった大志を義両親の部屋に送っていき、夫と泊まる部屋に戻る。

ドアを閉めた途端、芝崎は美緒を抱きしめた。

「あー、やっと二人になれた」

「楽しそうだったじゃないですか、ご両親や大志くんといるのも」

「まあ楽しかったけど、早く二人きりになりたかった」

妻の頭に頬擦りしながら、拗ねたように言う。子どものような独占欲に、美緒は笑った。

「じゃあここからはゆっくり夫婦で過ごしましょう。お酒飲みにいきます？」

「いや、いい」

短く意思表示し、夫はすぐに美緒の唇を塞いでくる。

性急に重なった唇から、熱い舌がぬるりと侵入してきた。

「ん……っ、ぅ……」

くちゅ、ぐちゅっと口内を貪られ、膝の力が抜けた。もう一度シャワーを、と言い出せる雰囲気ではなく、そのままベッドに運ばれる。

「美緒……」

掠れた声で名前を呼ばれ、胸の奥がきゅんとした。

ベッドの上で夫の膝に乗せられ、抱き合ってキスをする。日中はずっと義両親や大志と一緒だったから、たしかに二人きりになるのが新鮮な気分だ。

しばらくそうして穏やかな触れ合いを楽しんでいると、夫が思い出したように口を開く。

「そういえば、このあいだの紙袋持ってきた？」

「紙袋……」

「とぼけても駄目。持ってきたよな、アミュレットのロゴがついた紙袋」

夫の言葉に、美緒はそっと目を逸らした。

忘れていてくれたらいいなと思ったけれど、やっぱり夫は忘れていなかった。いや、たぶん忘れないだろうなとは思ったけれど。彼の下着好きはなかなかのものだ。

その紙袋を持って帰ったのは、先週のことだった。美緒のアシスタントである皐月が、オフィスに持ってきたのだ。

「社長、これよかったら。少し早いですが、新婚さんにクリスマスプレゼントです」

「プレゼント？　何？」

美緒は小さな包みを渡され、首を傾げた。

中身が見えないようしっかり梱包《こんぽう》されているが、シールのロゴには見覚えがあった。皐月が以前働いていたランジェリーショップのロゴだ。

そこはセクシー系に特化したランジェリーショップで、クールな皐月は「もう少し上品な下着を作りたいんですよね」と言ってアミュレットに移ってきたのだ。

なんだか、嫌な予感がする。

美緒はごくりと喉を鳴らし、そっと包みを開ける。

案の定、それはショップのイメージを裏切らない下着だった。

ベビーピンクの愛らしいショーツだが、クロッチ部分は縦にぱっくりと穴が開いている。何ともいえない位置に――具体的にはその穴の上部、ちょうど女性の敏感な部分に触れる位置にパールの装飾がついているのも、淫らな用途を想像させる。

美緒はそのショーツをそっと包み直す。

「……これ、下着なんだよね？」

「そういう用途の下着ですね。穿いたままでできるタイプです」

「それは知ってるけど……」

「いや、恥ずかしくないでしょ。社長だってこれだけパンツ作ってるんですから。パンツ作りのプロでしょ」

「嫌なプロだな。こういう下着は恥ずかしいよ、うちの下着とは方向性がかなり違うので」

恋人と楽しむための官能的な下着を否定するつもりはない。

でも自分が積極的に身につけるかと言われると、また話が別だ。一人でこっそりひっそりつけてみるならともかく、夫には絶対見せられない。

「あの、私にはちょっとハードルが高いんですが」

「えー、でももらってくださいよ。試作品たくさんもらっちゃって。ほら、新婚だからって油断してるとすぐマンネリ化しますし」

「……マンネリ」

「たまにはこういうの取り入れたほうがいいですよ。たぶん喜ぶと思いますけどね、旦那さん」

そう言われると不安になり、つい受け取ってしまった。

そしてそっとクローゼットに隠そうと思ったのに、その前に夫に見つかったのだ。

「アミュレットの袋だ。新しい下着？」

「いえ、これは……うちの下着ではないんです」

「でも下着なんだ」

「これは下着としての機能はほとんどなくて」

「ふーん、エロい下着なんだ」

「……」

なぜか墓穴を掘ってしまった。美緒はじんわり冷や汗をかく。

探るような夫の視線にも黙秘を続けたものの、この下着を絶対旅行に持ってきてほしいと、楽しそうに言われてしまった。

律儀な美緒は言われるままに持ってきてしまったが、義両親や大志も一緒の旅行であんな下着がバッグに入っていると思ったら、恥ずかしくて死にそうだった。

あわよくばあのショーツのことは持ち出さず、このまま寝てしまうつもりだったのだ。

でももちろん、夫は逃がしてくれなかった。

「穿いて、美緒」

「……」

「見るだけだから」

「いや、絶対嘘ですよね？」

恥ずかしいけれど、マンネリという皐月の言葉が、いまだに気になっていた。

焦る気持ちはないものの、子どもができる前に夫に飽きられても困る。こんなに毎晩抱かれていたら、あっというまに飽きてしまうのではないだろうか。

美緒は急かすようにこちらを見つめる夫から目を逸らす。散々葛藤したあとで、自分の荷物に手を伸ばした。

「全部脱いで、下着だけになって」

「……っ、でも」

「見たい」

何がそんなに楽しいのか、彼は妻の下着姿が好きだ。そして、夫に見たいと言われると、不思議と美緒も抗えない。

服を脱ぎ、その心許ないショーツだけを身につける。

「やっぱりこれ、さすがにちょっと……」

「なんで？　最高だけど」

「ちょっ……篤志さん……！」

強い欲情にトロリとした目元で、芝崎は美緒をベッドに横たえた。

仰向けにされ、足を開かれてじっくり観察される。ショーツを穿いているようで、肝心の部分には穴が開いているので、彼の吐息まで直接感じてしまう。

美緒は夫の視線から顔をそむけ、シーツをぎゅっと握った。

「んっ……そんなに、見たらっ……」

「すごいね、これ。丸見え」

「んぅ……っ、あ、あ……っ」

夫の指先が、つぅっと花弁をなぞる。

本来なら、ショーツのクロッチに守られているはずの部分だ。でもそこには布地がなく、全部丸見えになっている。

蜜口を探る指が、くちゅ、ぐちゅっと小さな水音を立てる。自分も興奮していることを思い知らされて、いたたまれない。

「あっ……や、そこっ……」

「濡れてる。美緒も興奮してるの？」

「んっ……そんな、ことっ……あ、あっ……」

扇情的な、カップルで楽しむための淫らな下着。

自分が身につけていると思うと恥ずかしいのに、いつもより興奮している夫の様子に、美緒もあてられたようにトロトロと蜜をこぼしてしまう。

「気分が上がるんだろ、色っぽい下着」

「ちがっ……ん、ぅ……っ！」

ショーツについているパールの飾りが、ふっくらと顔を出した花芽に押し当てられる。硬いパールでコリコリと刺激されて、強い刺激に身を捩った。

美しい下着は気分が上がる。

でもこれは、明らかに夫の気分を上げるための下着だ。いつもは穏やかな芝崎が、強い欲情を隠しもせず、美緒の身体に容赦なく快感を刻んでくる。

「ん、んっ……あ、だめっ、篤志さ……」

「俺の指よりこれが気持ちいいの？　妬《や》けるな」

「や、そんなことっ……あ、ああっ」

胸の先をピンと弾かれ、美緒は思わず背を反らした。

ふたつの尖りは、触られてもいないのにぷっくりと膨らんで、視覚でも夫を楽しませている。

ちゅくちゅくと交互に舐めしゃぶられ、もっとほしいと美緒の最奥が疼いた。

すっかり蕩けた蜜口から、夫の長い指が入ってくる。

今夜、彼はずいぶん性急だ。でも美緒もすっかり感じやすくなっていて、ただ奥まで指が入ってきただけで、身を震わせてしまう。

「あっ……や、ぁ……っ」

「は……もうイったの？」

「や、もう……っ、イってる、からっ……」

「またイきなよ。好きだよな、ここ」

「んんんっ！」

達したばかりなのに、また敏感な芽がくちゅくちゅと嬲られた。何度も絶頂を与えられ、荒い息をつく。

ぐったりしていると、抱き上げられて仰向けになった彼の身体に乗せられた。

「あの……私が……？」

「そう。美緒がして」

自分が上になるその体位は、今まで経験がない。戸惑ったが、熱っぽい眼差しの夫に導かれ、彼の腰をまたぐ。

「そう、下着穿いたまま……自分でするところ見せて」

こちらを見つめる芝崎が、愛おしげに美緒の頬を撫でる。そのやさしい目と指先に、胸の奥がきゅんとした。

いつからこんなに、愛し愛されるようになっていたのだろう。

これは跡継ぎをもうけるための結婚で、ただ利害が一致したから結ばれたはずの二人だった。

でも今はこうして心も身体もしっかり結ばれ、愛し合うために抱き合っている。

美緒は愛しい気持ちでいっぱいになった。

「篤志さん、愛してます」

身をかがめて夫にキスを落とすと、彼が身体を震わせた。

少し驚いたように、でもうれしそうに蕩けるような笑みを向けられて、もっともっと喜ばせたくなる。

「あの、今日は私が頑張りますので」

キリッと宣言して、ゆっくり夫の熱杭を受け入れる。

下着を穿いたまま挿入するのも、自分から腰を揺らして夫のものを受け入れるのも初めてのことだ。最初は羞恥を感じたが、すぐに快感にのまれる。

自分のペースで、ゆっくり中を擦りながらの挿入は、思った以上に気持ちがよかった。夫が熱い吐息を漏らすのも、美緒をますます興奮させる。

「は……っ、美緒……」

「ん……気持ちいい、ですか……？」

「うん……美緒の中、きもちい……」

根本までしっかりのみ込んで安堵の息をつく。

もっと気持ちよくさせたいと、ゆるゆる腰を揺らしながら、夫の肌に口づける。首や鎖骨、逞しい胸にも。

拙いキスでも気持ちいいのか、夫のものがまた少し大きくなった。

「んっ……篤志、さん……」

自分主導で彼を気持ちよくするのも楽しい。甘い声で愛しい夫の名前を呼び、首筋にゆるく歯を立てる。

でも結局、余裕があったのはそこまでだった。

はあっと熱いため息をついた夫が、切羽詰まった呻き声を漏らす。

「あー……ごめん、無理だ」

「え……？　あ、んっ！」

「美緒にしてもらうの、また今度」

ゆったりとした動きでは物足りなかったらしく、下から何度も突き上げられる。

「あ、あああっ！　ん……ふ、ぁ……っ！」

結局その夜も芝崎のいいように翻弄され、美緒は身動きできなくなるまで抱き潰された。

深夜のリゾートホテルは、周囲もすっかり寝静まっているようで、しんとしている。

美緒は部屋のバルコニーで星を眺めながら、夫の膝の上でむくれていた。

「……ここのホテルのバー、楽しみにしてたのに」

「また来ようか、来月」

「露天風呂ももう一度入りたかったんですが」

「朝の温泉も気持ちいいよ」

大志と遊ぶのも楽しみだったが、大人だけの夜の時間も楽しみにしていた。妊活のことで思い詰めるのはやめようと、今夜は久しぶりに夫とバーに行くつもりだったのだ。

それなのに、ひたすら夫に貪られているうちに、ホテルのバーも露天風呂もクローズの時間になってしまった。

「妻がかわいいから仕方ない。あれは無理だ」

「理由になってないです」

「あの下着すごいな。全色買いしていい？」

「……やめてください、死んじゃう」

夫が楽しそうに笑う。

訳が分からなくなるまで激しく抱かれるのはいつもどおりだが、それにしても今日は執拗だった。夫を刺激すると危険だ。あの手の下着をつけるのはやめようと、美緒はひそかに誓う。

「でもほら、星が綺麗だよ。起きていてよかっただろ」

「本当ですね……さっきよりすごい星の数」

「大志にも見せたいけどなー、さすがにこの時間までは起きていられないから」

深夜になり、天の川もくっきり見えるようになった。

夫が見つけやすい星座を説明してくれる。美緒も穏やかな気持ちで、美しい星空を眺めた。

「詳しいですね、篤志さん」

「いつか子どもにも教えられるといいよね。さっき、大志がもうすぐ赤ちゃん来るなんて言ってたけど……あんまりプレッシャーに思わないでくれ。子どもの言うことだから」

「分かってます。でも、もしかしたらもうすぐ来てくれるかもって思うと、楽しい気持ちになりました」

美緒はやわらかな笑みを浮かべる。

いつになるかは分からない。でも、そのときまで楽しみに待つのだ。やさしい夫と、愛し愛されて幸せな家族になりながら――。

「そういえば、渡したいものがあったんだ」

「誕生日プレゼントはもらいましたが……」

「いや、誕生日プレゼントじゃない。左手出して」

何だろうと手のひらを出すと、その手に愛おしげに口づけられた。

彼はいつも、大切そうに宝物のように美緒を扱ってくれる。こんな人と結婚できて本当に幸せだ。

「くすぐったいです、篤志さん」

「うん……一生に一度だし、緊張してるんだ」

苦笑する夫に首を傾げていると、改めて左手が取られた。

一瞬、何が起こっているか分からなかった。彼は美緒の薬指に指輪をはめたのだ。

すでに結婚指輪は受け取っている。彼と揃いの、美しい指輪。

でもその上から、もうひとつ指輪が重ねられた。大きなダイヤのついた指輪だ。結婚指輪とはまたテイストの違うデザイン。

これはもしかしたら、婚約指輪だろうか。

美緒は呆然としながら、自分の左手を見つめる。

「これ……」

「やっぱりちゃんと言っておかないといけないなと思って」

夫がやさしい笑みを浮かべる。

大きなダイヤのついた指輪は、暗闇の中でも星々に負けないきらめきを放っている。しんと静まり返った深夜、星空の下で芝崎が跪《ひざまず》いた。

「美緒、俺と結婚してください。絶対大切にするから、一生俺と一緒に生きてくれ」

こんなふうに改めてプロポーズの言葉を贈られるとは思っていなかった。愛を乞われ、胸がいっぱいになる。

「……っ、はい……っ、うれしいです……！」

涙声で返事をし、夫の胸に飛び込む。

最初は契約書まで交わし、普通の夫婦とは違う形で始まった二人だった。恋愛感情などなくても、協力して子育てをする家族として、そしていい友人としてうまくやっていけたらそれでいいと思っていたのだ。

利害が一致しただけの結婚だったのに、今は妻として大切にされ、こんなにも愛されている。

星空の下、美緒は溢れるほどの幸せを味わいながら、夫といつまでも抱き合っていた。


その翌月に妊娠が発覚し、美緒は驚いた。

妊娠検査薬の結果を見つめながら、裏磐梯の旅行を思い出す。みんなで星空を眺めたあの日、大志はニコニコと「赤ちゃん、もうすぐ美緒ちゃんのところに行くからねって言ってたもん」と口にした。

彼が教えてくれたとおり、本当に来てくれたらしい。

自分の中で育つ小さな生命も、このあいだ腹をやさしく撫でてくれた小さな手も愛おしく、美緒は涙が止まらなかった。

無事に産まれた子どもは女の子で、大志は本当に赤ちゃんに会っていたのかもと、夫と笑い合ったのもいい思い出だ。

そしてその二十年後、美緒はもう一度大志の言葉に泣かされることになる。

娘と手を繋ぎ、「やっぱり、妹じゃなくてお嫁さんにしていい？」と照れくさそうに言った大志に、思わず幸福感でいっぱいの涙を流すことになるのだが——それはまた、ずいぶん先の話だ。

あとがき

こんにちは、りりすです。

このたびは、「跡継ぎ目当ての子づくり婚なのに、クールな敏腕御曹司に蕩けるほど愛されています」をお手に取っていただき、ありがとうございます。

ルネッタブックス様ではこちらが二作目の刊行となりました。こうしてまたご縁をいただき、とてもうれしく思っております。


今回のヒロインは自分でランジェリーブランドを立ち上げた女性社長。恋愛初心者で結婚にも憧れはないものの、ふとしたことから飲み友達の御曹司と結婚して子づくりすることになり……というストーリーです。

執筆のご依頼をいただいたときから、交際ゼロ日婚を書きたいなと思っていました。両片思いの二人がお互いの気持ちに気付かないまま結婚するのもいいですし、ただの友達だった二人が結婚後に恋に落ちていくのもおいしい。作者自身はとても好きなテーマです。

芝崎と美緒も恋愛感情抜きで子どもを産むための結婚をしますが、少しずつ心を通わせ、いつしか惹かれ合っていきます。むしろ最後にはベタベタに甘い夫婦になっていて、作品タイトルのクールな御曹司はどこへいったのかという状態ですが……読者の皆様にも、甘々な溺愛をお楽しみいただけたらうれしいです。

最後になりましたが、刊行にあたりお世話になった皆様に謝辞を。

まずは、カバーイラストを描いてくださった弓槻みあ先生。弓槻先生の描かれるイラストは美しく色っぽく、いつか自分の作品でも描いていただけたらと思っていましたので、今回ご縁があって感激しました。芝崎も美緒も美男美女……！　とっても素敵なイラストを描いていただき、ありがとうございました。

また、大変なご迷惑をおかけした担当様。実は年明けからずっと私の不調が続いており、〆切を何度も延ばしていただきました。多くの皆様に多大なご迷惑をおかけしながらも何とか刊行となり、本当にホッとしております……。最後までお力添えいただき、ありがとうございました。

そして何より、この本を読んでくださった読者の皆様に、心からの感謝を。

いつかまたどこかでお会いできれば幸いです。ありがとうございました。

りりす

ルネッタ$\mathcal{L}$ブックス

跡継ぎ目当ての子づくり婚なのに、クールな敏腕御曹司に蕩けるほど愛されています

2023年9月25日　第１刷発行　定価はカバーに表示してあります

著　者　りりす　©RIRISU 2023
発行人　鈴木幸辰
発行所　株式会社ハーパーコリンズ・ジャパン
東京都千代田区大手町 1-5-1
03-6269-2883（営業部）
0570-008091　（読者サービス係）

印刷・製本　中央精版印刷株式会社

Printed in Japan ©K.K.HarperCollins Japan 2023
ISBN978-4-596-52488-1